Psycho-Thriller

Mädchen fleisch

Simone Malina

Mädchenfleisch

Kontakt: dietze-zentrale@t-online.de

Korrektur: www.perfekte-texte-coburg.de
Cover: Fotolia

Die vorliegende Handlung ist frei erfunden.

Übereinstimmungen mit lebenden oder toten

Personen sind zufällig und nicht beabsichtigt.

Prolog

Man hatte ihr die Arme kopfüber an einen Strick festgebunden. Ihre Handgelenke waren bereits rot unterlaufen, weil das Seil in ihre Haut schnitt. Sie hatte keinen Halt unter ihren Füßen, obwohl sie an den Beinen nicht gefesselt war. Sie baumelte wie eine Schweinehälfte am Haken. Unter ihren Füßen hatte man ein Feuer entfacht, die Flammen loderten und Luise strampelte mit den Beinen, um den qualvollen Schmerzen zu entkommen. Sie hatte keine Kraft mehr, ihren Körper anzuspannen, sich mit den Armen nach oben zu ziehen, um das Auskugeln ihrer Arme zu verhindern. An ihren Brüsten hingen Gewichte, acht Zentimeter große Gewichte, die mit Metallklammern an ihren Brustwarzen befestigt waren, tief ins Fleisch schnitten und bereits blutige, ausgefranste Abdrücke hinterlassen hatten. An der linken Seite schien es, als wäre die Brustwarze bereits

eingerissen, und jeden Moment würde sich das Gewicht samt der herausgerissenen Haut lösen und zu Boden fallen. Die Gewichte, die an ihrer rasierten Scham hingen, waren ebenso groß und sorgten dafür, dass ihre Schamlippen aussahen wie blutige Hautlappen. Luises Beine zuckten immer noch, es war ein grotesker Anblick, der an Grausamkeit nicht zu überbieten war. Das bestialische Spektakel spielte sich in einer alten Lagerhalle ab, weit abgelegen in einem stillgelegten Industriegebiet.
Sophie, die in der Lagerhalle abseits hinter einem Mauervorsprung stand, zitterte am ganzen Leib. Immer wieder schloss sie die Augen und flehte ihren Freund Achmed an, endlich einzuschreiten. Aber der rührte sich nicht vom Fleck, starrte neugierig auf das Geschehen, schien der Faszination des Grauens erlegen und sich am Anblick der Geschändeten zu weiden. Er zwang sie dazu, ihre Augen zu öffnen, genau hinzuschauen, damit sich dieser Anblick für immer in ihr verinnerlicht. Damit sie wusste, was man mit Mädchen anstellt, wenn sie ungehorsam sind, es wagen, die Ehre ihres Besitzers mit Füßen zu treten.
„Sieh hin“, schnauzte er Sophie an. „Sie hat es verdient, sie hat meinen Cousin betrogen, belogen und seine Ehre verletzt. Sie bekommt ihre

gerechte Strafe, einen Denkzettel verpasst, danach wird sie meinem Cousin den Dreck von den Stiefeln lecken. Guck genau hin!“, befahl er und packte sie gewaltsam am Haarschopf, um ihr Gesicht auf die Gefolterte zu richten. Schluchzend und mit tränenverschleierten Augen tat sie, was er verlangte. Sie blickte auf die Füße der Geschändeten, die nicht mehr wild zappelten, sondern nur noch zuckten.
Sophie atmete stoßweise, sah, wie die Kraft aus Luises gertenschlankem Körper wich, wie ihre Augen ganz allmählich brachen, nicht mehr vor Schmerzen drohten, aus ihren Augenhöhlen zu fallen. Ganz allmählich verdrehten sich ihre Augen, bis nur noch das Weiße zu sehen war. Ganz allmählich verstummten auch ihre erstickten Schreie. Der Knebel in ihrem Mund war dermaßen festgezurrt, dass ihr die Lederriemen in die Mundwinkel schnitten. Plötzlich bewegte sie sich nicht mehr. Ihre Beine hingen in den Flammen, es roch nach verbranntem Fleisch. Luise schien das Bewusstsein verloren zu haben. Sie bewegte sich nicht mehr, hing nur noch wie eine leblose Puppe am Strick. In diesem Moment wurde eingeschritten. Die Flammen unter ihren Füßen wurden mit einem Eimer Wasser gelöscht, anschließend kletterte jemand auf eine Leiter und schnitt mit einem scharfen Messer die Fessel an

ihren Handgelenken durch. Man ließ sie, ohne dass man ihren Körper auffing, einfach zu Boden poltern. Jetzt lag sie auf dem harten Betonboden, immer noch ohne Bewusstsein. Bewegungslos lag sie da, ganz so, als wäre sie tot.
„Scheiße, Harkan!“, ertönte die Stimme von Achmed.
„Du bist zu weit gegangen! Du hast die Schlampe umgebracht! Wie wollen wir die jetzt entsorgen? Verdammt, wohin mit der Hure?“
Sophie stieß einen markerschütternden Schrei aus, versuchte sich aus der Umklammerung von Achmed zu befreien, der sie immer noch an den Haaren festhielt.
Im Gegensatz zu Achmed behielt Harkan, sein Cousin, die Ruhe.
„Bring deine Tussi zum Schweigen!“, schnauzte er seinen Cousin an, „die nervt.“
„Hast du gehört? Sei ruhig!“, befahl Achmed.
Aber Sophie schrie hysterisch weiter. Erst als er ihr ins Gesicht schlug, gab sie Ruhe und sank wimmernd in die Hocke.
Eher unbeeindruckt schritt Harkan auf das leblose Opfer zu und berührte es unsanft mit der Schuhspitze.
Nichts.
„Wasser!“, brüllte er los, „bringt mir einen Eimer mit Wasser!“

Einer seiner zwei Kumpane, die bei der Folterung anwesend waren und zum engen Kreis der Bande gehörten, brachte ihm einen Eimer Wasser. Mit Schwung schüttete er den Inhalt über Luises geschändetem Körper aus. Sie keuchte gequält, begann zu wimmern.
„Na also, geht doch! Die Hure ist nicht tot, sie lebt!“, posaunte er in die Runde.
Tatsächlich begann sich Luise zu bewegen, sie versuchte sich sogar aufzurichten, brach jedoch immer wieder zusammen.
„Nimm ihr doch endlich diese Dinger ab! Die kriegt sonst noch ’ne Blutvergiftung!“, warnte Achmed und deutete auf die Gewichte, die immer noch an Luise befestigt waren.
Harkan grinste diabolisch und wandte sich seinem Cousin zu. „Warum soll ich das tun?“, erwiderte er lakonisch, „hab keine Lust, mir die Finger schmutzig zu machen.“
„Scheiße, dann mach ich das“, erwiderte Achmed und stiefelte entschlossen auf das Opfer zu.
„Stopp!“, hielt ihn sein Cousin zurück.
„Deine Kleine soll das tun“, erwiderte Harkan grinsend und deutete auf Sophie, die zusammengekrümmt an der alten Ziegelmauer lehnte und ihre Arme über ihrem Gesicht gekreuzt hatte. „Damit sie sich das Ganze von der Nähe angucken kann und weiß, was sie erwartet, wenn

sie nicht spurt … so rein zur Vorsorge.“
„Sophie ist nicht so ’ne Schlampe, die habe ich mir gut erzogen, die würde mich nie hintergehen. Nicht mich!“, beteuerte Achmed im Brustton der Überzeugung.
„Deine Gutgläubigkeit in allen Ehren“, grunzte Harkan abfällig, „trotzdem, ich besteh drauf, so rein zum Spaß.“
Für einen Augenblick war es ganz still geworden, alle Anwesenden starrten gebannt in Sophies Richtung. Die kauerte immer noch auf dem Boden.
„Bitte, das kann ich nicht … bitte, mach du das“, flehte sie Achmed, ihren Freund, an.
„Hast du nicht verstanden, was mein Cousin gesagt hat?“, erwiderte er in herrischem Tonfall. „Steh auf!“
Sophie erhob sich langsam. Mit gesenktem Kopf ging sie einige Schritte nach vorn.
„Geht das nicht etwas schneller?“, blaffte Achmed, „oder willst du das arme Mädchen noch länger leiden lassen oder wie soll ich das verstehen? Du hast jetzt die Möglichkeit, diese kleine Hure von ihren Schmerzen zu erlösen, alles liegt an dir. Wo bleibt dein Mitgefühl? Sophie, meine Liebe, du enttäuschst mich.“
Achmed spuckte abfällig zu Boden, anschließend gab er ihr einen Schubs auf den Rücken. Sie stolperte nach vorn und eilte auf Luise zu. Als

Erstes löste Sophie den Knebel vom Mund. Ihre Hand zitterte, als sie nach dem Gewicht griff, um es so behutsam wie möglich von der Haut zu lösen. Sophie konnte erkennen, dass sich die blutige Haut bereits verkrustet hatte. Als sie die Klemme vorsichtig auseinanderdrückte, kamen kleine Metallzähne zum Vorschein, an denen sich Hautfetzen festgesetzt hatten. Luise schrie vor Schmerzen auf. Vor Schreck wäre die Klemme beinahe wieder zugeschnappt, aber Sophie behielt in diesem Moment doch die Nerven.
„Alles gut, ich mach es ganz vorsichtig, hab keine Angst“, versuchte sie mit ängstlicher Stimme zu beruhigen, während sie sich der nächsten Klammer zuwandte, die bereits einen Teil der Brustwarze herausgerissen hatte. Sophie biss die Zähne zusammen, brachte das Zittern ihrer Hand unter Kontrolle und zog die Klammer heraus. Ein markerschütternder Schrei hallte durch die Halle. Instinktiv schoss Luises Hand auf ihre Wunde, Sophie hielt ihren Arm in letzter Sekunde zurück.
„Nicht“, flüsterte sie, „das darfst du nicht tun, du verschmutzt die Wunde. Leg dich hin, damit ich die anderen auch entfernen kann.“ Geschwächt ließ sich Luise fallen, sie zitterte wie Espenlaub, Sophie konnte ihre Zähne aufeinander klappern hören. Sie wusste nicht, ob Luise fror oder es die Angst vor den bevorstehenden Schmerzen war.

Obwohl die Gewichte an ihren Genitalien punktgroße Einstiche hinterlassen hatten, zuckte Luise nur zusammen, als Sophie die Klemmen löste.
„Sie benötigt einen Arzt, die Wunden müssen desinfiziert werden“, wandte sich Sophie an Achmed, der hinter ihr stand und alles beobachtet hatte.
„Das stimmt“, erwiderte der, an seinen Cousin gewandt. „Die kratzt sonst ab.“
„Ach, soll ich jetzt noch den Notarzt rufen, oder was? Seid ihr noch alle ganz klar in der Rübe?“
Ein abfälliges Lachen folgte, untermalt von dem zustimmenden Kichern seiner Kumpane.
„He, du hast doch immer Hochprozentiges im Auto“, wandte er sich an einen seiner Komplizen. „Hol das Zeug her, damit wir das Luder wieder in die Senkrechte kriegen, damit der Scheiß hier endlich ein Ende hat und das Luder wieder ihrer Arbeit nachgehen kann.“
Ohne weitere Diskussion wurde das Gewünschte herangeschafft. Hochprozentiger echter russischer Wodka.
Harkan schraubte die Flasche auf, ging auf die beiden Mädchen zu. Sophie kniete noch auf dem Boden, den Kopf von Luise hatte sie auf ihren Schoß gebettet, während sie tröstend über Luises Haar streichelte.

„Mach Platz!“, befahl Harkan, während er Anstalten machte, die volle Flasche über Luises Brüste zu positionieren.
„Nein“, schrie Sophie hysterisch und versuchte ihm die Flasche zu entreißen, aber Harkan schubste sie zur Seite.
Ein lautes, hallendes Gelächter war das Letzte, was Sophie vernahm.

Sie wusste nicht genau, ob sie schreiend aus ihrem Traum erwachte. Sie saß schweißgebadet in ihrem Bett, blickte sich desorientiert in ihrem dunklen Zimmer um. Warf einen Blick zur Tür, hörte Geräusche, eilige Schritte. Jemand war auf dem Weg in ihr Zimmer. Die Zimmertür wurde hektisch aufgestoßen.
„Was ist los?“, fragte ihre Mutter atemlos und knipste das Licht an. „Du hast laut geschrien, hast du schlecht geträumt, mein Schatz?“
„Mach das Licht wieder aus“, erwiderte Sophie blinzelnd, „alles halb so schlimm, ich hatte einen Albtraum … alles gut.“
„Willst du darüber reden, mir deinen Traum erzählen, ich könnte vielleicht die Ursache entschlüsseln“, fragte ihre Mutter besorgt und setzte sich auf die Bettkante, während sie Sophie eine feuchte Haarsträhne aus dem Gesicht strich und dabei ihre Hand auf ihre Stirn legte. „Du bist

ganz heiß, wir sollten Fieber messen, vielleicht bist du krank."
„Ich darf nicht krank werden", antwortete Sophie gereizt, „ich muss in die Schule, wir schreiben morgen eine wichtige Mathearbeit, lass mich jetzt weiterschlafen, ich bin nicht krank."
Sophie warf einen Blick auf den Wecker. Es war halb drei Uhr morgens. Ihre Mutter zögerte, blieb sitzen.
„Geh jetzt, bitte … ich hab doch gesagt, dass alles gut ist, ich mach dir schon keinen Ärger, sei unbesorgt."
Ihre Mutter erhob sich, blickte verständnislos auf ihre Tochter herab und sah ihr dabei zu, wie sie ihr demonstrativ den Rücken zuwandte und sich die Bettdecke über den Kopf zog.
„Du bist in letzter Zeit so seltsam, Kind, ich frage mich, was mit dir los ist. Das ist doch nicht das erste Mal, dass ich dich schreien gehört habe."
„Nichts ist mit mir los", vernahm sie die gedämpfte Antwort ihrer Tochter. „Ich schlaf nur in letzter Zeit schlecht, das ist der Schulstress."
„Du setzt dich unnötig unter Druck, das hast du doch nicht nötig, du musst alles etwas lockerer angehen", entgegnete ihre Mutter, „du bist doch eine sehr gute Schülerin, ich bin stolz auf dich."
„Ach ja, wärst du das auch, wenn ich nicht so eine Streberin wäre?", konterte Sophie abfällig.

Klara, ihre Mutter, wusste darauf nichts zu sagen, sie fragte sich in letzter Zeit sowieso, warum ihre Tochter seit geraumer Zeit so feindselig ihr gegenüber reagierte. Sie zuckte hilflos mit den Achseln, seufzte angeschlagen, wandte sich zum Gehen und schloss leise die Tür hinter sich. Das leise Schluchzen ihrer Tochter nahm sie nicht mehr wahr.
Sophie wusste nur allzu gut, dass das, was sie geträumt hatte, leider kein harmloser Albtraum war. Es war Realität. Vor genau einer Woche hatte sie ihren Albtraum real erlebt. Genau bis zu dem Punkt, als sie Harkan die Flasche aus der Hand reißen wollte. Durch den darauf folgenden Tritt, der sie im Gesicht traf, musste sie für ein paar Sekunden das Bewusstsein verloren haben.
Als sie wieder zu sich kam, saß sie wieder im Auto. Blickte in das besorgte Gesicht von ihrem Freund Achmed, der sie in seinen Armen hielt und sie an sich drückte.
„Da bist du ja wieder, meine kleine Prinzessin“, flüsterte er und küsste sie sanft auf ihre Stirn.
„Warum hast du das getan?“, flüsterte Sophie benommen, „warum hast du mich in diese Baracke geschleppt, warum hast du mich gezwungen, das alles mit anzusehen?“
Sie schluchzte und versuchte sich aus der Umarmung zu befreien. Er hielt sie fest.

„Warum ich das getan habe?“, wiederholte er betroffen.
Er schwieg einige Sekunden, schien bedrückt, beinahe schuldbewusst. „Ich habs getan, damit du siehst, was es für gnadenlose Typen gibt, ich habs getan, damit du siehst, wie andere Männer ihre Frauen behandeln.“
„Würdest du so was auch mit mir tun?“, erkundigte sie sich skeptisch.
„Aber nein, du bist doch meine Prinzessin, ich würde dich nie wie ein Stück Fleisch zur Schau stellen, würde es nicht übers Herz bringen, dich zu quälen, außerdem würdest du mich doch nie betrügen und so schamlos hintergehen, du bist doch keine billige Schlampe, nein, wenn du mich betrügen würdest, dann würde ich dir die Kehle durchschneiden und mich dann selbst umbringen. Weil ich ohne dich nicht leben könnte.“
„Das würdest du tun?“, flüsterte Sophie geschockt.

1. Kapitel

Eine Stunde lang hatte sie bereits Englischvokabeln gepaukt. Sophie fühlte sich lustlos und müde, gähnte herzhaft und pfefferte das Englischbuch zur Seite. Sie war noch nicht fertig, musste noch für Mathematik lernen, sich mit den verflixten Potenzgesetzen vertraut machen, damit sie für morgen einigermaßen gut vorbereitet war. Sie schlug das Mathebuch auf: „Erweiterung des Potenzbegriffs und der Potenzgesetze auf gebrochenen Exponenten“, flüsterte sie lustlos vor sich hin und rollte mit den Augen. Sie klappte das Buch wieder zu. „Wofür brauch ich den ganzen Scheiß eigentlich?“
Sie stand auf, streckte ihre Glieder und warf sich aufs Bett, wo ihr aufgeklappter Laptop lag.

Seit zwei Jahren war sie in den sozialen Netzwerken aktiv, tauschte sich mit Leidensgenossen über ihre schulischen und auch privaten Probleme aus. Es tat gut, zu wissen, dass sie nicht die Einzige war, die am Leben manchmal verzweifelte. Die das Gefühl hatte, dass ihr alles über den Kopf wuchs, nur Anerkennung von ihrer Mutter bekam, wenn sie funktionierte, gute Noten schrieb, ein braves, fleißiges Mädchen war, mit dem man keinen Ärger hatte. Ein nettes Mädchen eben, das nicht viel Wert auf ihr Aussehen legte und erst recht kein Interesse hegte, irgendwelchen Jungs zu gefallen. Die äußere Fassade trog. Sophie hätte sich gern mehr für ihr Äußeres interessiert und sie wäre mit Sicherheit auch stolz gewesen, wenn ihr die Jungs auf dem Schulhof hinterher-gepfiffen hätten. Vor allem die Jungs aus der Zwölften, da waren einige tolle Typen dabei, mit denen Sophie eine heiße Nacht riskiert hätte. Das Interesse der Jungs aus ihrer Klasse hielt sich ebenfalls in Grenzen und beschränkte sich lediglich auf ihren Sachverstand. Sophie war bekannt dafür, dass sie gerne half, ohne dabei wie eine Schlaumeierin zu wirken und sich über das mangelnde Wissen der anderen lustig zu machen. Sie hatte kein Problem damit, Mitschüler während einer Klassenarbeit abschreiben zu lassen, Spickzettel zu verteilen oder ihre Hausaufgaben an Mitschüler weiterzureichen, denen ihre Freizeit mehr wert war als sich mit dämlichem Lernstoff zu beschäftigen. Das gab ihr den gewissen Kick, etwas Unerlaubtes zu tun, sich wenigstens auf diese Art bei ihren Mitschülern beliebt zu machen. Im Gegensatz zu ihr standen ihre Klassenkameraden weit weniger unter Lernstress, da ihre Eltern sie nicht unter Druck setzten. Den meisten reichte es, wenn sie das Abitur überhaupt bestanden, da gab es noch genug Möglichkeiten, irgendwas Nützliches zu studieren. Bei Sophie war das ganz anders. Vor allem die Erwartungshaltung ihrer Mutter machte ihr zu schaffen. Sie musste ein sehr gutes Abitur hinlegen, damit sie später in die Fußstapfen ihrer Mutter treten konnte, die als Psychologin eine eigene Praxis betrieb. Sophie graute bereits jetzt vor diesem staubtrockenen Studium, für das sie einen Numerus clausus von mindestens 1,2 benötigte, nur um sich ein Leben lang mit dem menschlichen Verhalten auseinanderzusetzen. Sich in die menschlichen Abgründe von Psychopathen, Schwerverbrechern und schizophrenen Menschen zu vertiefen war nicht unbedingt das, was sie sich vorstellte. Viel lieber hätte sie Germanistik oder ein Schauspielstudium absolviert. Aber das war ein Thema, das vor allem ihre Mutter in Rage brachte. Brotloses Wissen, damit kannst du später

Toiletten putzen gehen, hatte sie geschimpft und ihr hinsichtlich einer Fehlentscheidung gedroht, sie finanziell lahmzulegen.
Sophie hatte es einfach hingenommen, war jeglicher Diskussion aus dem Weg gegangen. Sie war nun mal kein Mensch, der sich durchsetzen konnte. In Stresssituationen fehlten ihr die richtigen Worte, die überzeugenden Argumente und die Schlagfertigkeit, derer es bedurft hätte, ihre selbstverliebte und progressive Mutter zu überzeugen. Wenn sie sich auf schriftlichem Wege hätte ausdrücken können, wäre es ihr viel leichter gefallen, dann wären ihr die richtigen Worte eingefallen, dann hätte sie ihrer Mutter Paroli bieten können, die für alles und jenes eine Erklärung fand. Wenn sie mit Sophie sprach oder besser gesagt, sie ins Kreuzverhör nahm, klang sie oft, als rede sie mit einem ihrer Patienten, dann wurde ihre Stimme ganz ruhig, ihr Lächeln milde, ihre Fragen wirkten nicht interessiert, sondern analytisch. Sophie hatte eine eigene Erklärung für das Verhalten ihrer Mutter. Die konstante Auseinandersetzung mit Problemen, Komplexen und Neurosen führt dazu, dass Psychologen irgendwann nicht mehr anders können, als ihr Studienwissen auch auf ihren Freundeskreis und ihre Beziehungen anzuwenden. Kein Wunder also, dass es niemand

lange mit ihnen aushielt. Das führt zu Vereinsamung, zu Selbstzweifeln und damit zu noch mehr Problemen, die einer genauen Analyse unterzogen oder mit erschreckend hohem Zigarettenkonsum oder Alkohol kompensiert werden müssen. Ihre Mutter rauchte wie ein Schlot und das obligatorische Weinglas stand immer neben ihrem Laptop, wenn sie bis in die Nacht hinein ihre Gutachten schrieb. Einmal hatte es Sophie doch gewagt, ihrer Mutter die Meinung zu geigen. Ihr an den Kopf geworfen, dass sie nur Psychologie studiert hatte, um ihre eigenen Probleme zu lösen und sich an den psychischen Problemen der anderen aufzugeilen. Ihre Mutter hatte ihr das Glas Rotwein ins Gesicht gekippt und sie als infantile, fette Gans bezeichnet. Letzteres tat richtig weh. Sophie war tatsächlich nicht die Schlankste, aber sie war nicht fett. Dass sie etwas fülliger wirkte, lag vermutlich nur an ihrem großen Busen, den sie oft hinter Pullovern in Übergröße versteckte, weil es ihr äußerst unangenehm war, wenn die Jungs aus ihrer Klasse schlüpfrige Bemerkungen machten. Auch wenn die Mitschülerinnen sie um ihre große Oberweite beneideten, ihr später erspart bliebe, wie sie sagten, eine Brustvergrößerung in Erwägung zu ziehen, so klang das für Sophie eher wie Hohn. Wenn es nach ihr ginge, wäre sie lieber flach wie ein Brett, hätte dadurch eine selbstbewusste Ausstrahlung, könnte ihre Schultern straffen, anstatt sie einzuziehen, damit ihre Oberweite nicht noch mehr zur Geltung kam. Beim Sportunterricht, vor allem beim Laufen, hätte sie dann auch keine Probleme mehr, abgesehen davon, dass ihr Sportlehrer ihr beim Bockspringen nicht immer gespielt ungewollt an ihren Busen grapschen würde. Einmal hatte sie ihn, ebenfalls gespielt, versehentlich mit ihrem Knie in den Schritt getreten, seitdem hielt er sich mit seiner Grapscherei zurück. Leider bekam sie seine Revanche dann auf anderem Wege zu spüren. Wie ein Maulesel trieb er sie dann beim Laufen an, machte sich über sie lustig oder wählte sie aus, um eine Übung am Stufenbarren oder Schwebebalken vorzuführen, nur damit sie sich zum Gespött ihrer Mitschülerinnen machte, weil er genau wusste, dass diese Übungen nicht zu ihrer Königsdisziplin gehörten. Aber sich beim Rektor zu beschweren wäre ihr nicht in den Sinn gekommen, sie hatte einfach Angst, unangenehm aufzufallen. Im Schatten der anderen einfach in Ruhe gelassen zu werden wäre ihr am liebsten gewesen. In solchen Situationen hätte sie gern jemanden gehabt, dem sie sich anvertrauen oder mit dem sie einfach reden konnte. Ein Kuss, eine Umarmung oder aufmunternde Worte hätte

Sophie als Segen empfunden. Eigentlich benötigte sie nicht viel, um wieder ins Gleichgewicht zu finden, aber momentan schien es ihr, als müsste sie eine unüberwindbare Hürde meistern. Sie sehnte sich nach Halt, nach Wärme, nach dem Gefühl, etwas wert zu sein. Aber da war niemand, der ihr helfen konnte, noch nicht mal ihr Vater. Der war zwar im Gegensatz zu ihrer Mutter ein umgänglicher und warmherziger Mensch, aber er war beruflich mehr unterwegs als zu Hause, verbrachte seine freie Zeit lieber in anonymen Hotels als im Kreise seiner Familie. Wenn er dennoch mal einen Abstecher ins traute Heim wagte, hing der Haussegen ganz schnell schief. Dann herrschte eine frostige Stimmung, kurz danach gab es Streit, dann flogen die Fetzen, dann mutierte ihre Mutter zur Furie, setzte ihr ganzes psychologisches Wissen ein, um ihn kleinzureden, warf ihm Untreue vor, drohte nicht nur mit Scheidung, sondern warf auch mit Geschirr und sonstigen Gegenständen, die sie gerade in die Hand bekam. Sophie hasste ihre Mutter dafür. In ihren Augen war sie es, die ihren Vater in die Hände anderer Frauen trieb, sie war es, die nicht in der Lage war, ein umgängliches familiäres Klima zu schaffen, sie war die Triebfeder allen Unheils. Eine promovierte Psychologin, die dringend psychologische Hilfe benötigte.

Auch heute war wieder so ein Tag.
Sophie hatte sich auf ihren Vater gefreut. Er arbeitete seit mehr als zwanzig Jahren im Versicherungswesen, verdiente nicht schlecht, fuhr stets teure Firmenwagen, kleidete sich modisch, wirkte jung geblieben, war eloquent und aufgeschlossen. Er sah die Welt mit positiven Augen, respektierte andere Meinungen, er war ein Lebemann, der den Moment genießen konnte und bei den Frauen beliebt war. Er war ein Traummann, der mit der falschen Frau verheiratet war. Einer Ehefrau, die darauf bestand, sich von ihrer Tochter mit Vornamen anreden zu lassen, keinerlei Wert auf ihr Aussehen legte, obwohl sie gerade einmal Mitte vierzig war, stolz ihr langes ergrautes Haar offen trug, sich nicht schminkte, eine Vorliebe für Handgestricktes hegte und sexuelle Leidenschaft ausschließlich mit *Siegmunds Freuds* Trieblehre erklärte – ein körperlicher Spannungszustand eben, der zu Psychosen und Perversionen führen konnte. Darüber hinaus wurde sie nicht müde, sich über die dürftige Ausbildung ihres Ehegatten lustig zu machen, seinen Beruf als Versicherungsagent herabzuwürdigen, ihn als intellektuellen Tiefflieger zu bezeichnen, der sich nicht für Kunst und Kultur

interessierte, nicht mitreden konnte, wenn sich ihre Mutter mit ehemaligen Studienkollegen traf – ein elitärer, selbstverliebter Kreis, der aus Philosophen, Psychiatern und Theologen bestand, die sich als Weltretter begriffen, stundenlang über die Theorie der Quantenkosmologie schwadronieren konnten, aber nicht in der Lage waren, eine Steckdose anzuschließen, und erst recht nicht mitbekamen, wenn ihre Freundin oder Ehefrau mit Sophies Vater hinter dem Haus sich lieber der Kosmologie der erotischen Sinne im Hier und Jetzt hingaben. Sophie hatte ihn schon mehrmals dabei ertappt, aber ihren Vater nicht bei ihrer Mutter verpetzt. Im Gegenteil. Sie verstand ihren Vater sehr gut, dennoch wollte sie um alles in der Welt nicht, dass sich ihre Eltern trennten, so wie es bei vielen ihrer Schulkameraden der Fall war. Da war kaum noch jemand, der mit Vater und Mutter zusammenlebte. Sophie wollte sich diese kleine Welt erhalten, zumindest den Schein wahren.

Nun lag sie auf dem Bett und war gerade dabei, ihren Account aufzurufen, als es an der Tür klopfte.

„Hallo, mein Schatz, darf ich reinkommen oder störe ich?“ Sophie lächelte. Ihre Mutter hätte so was nie gefragt, sie trat grundsätzlich ohne zu

klopfen ins Zimmer.
„Nein, du störst nicht“, erwiderte sie freundlich.
Ihr Vater trat herein, setzte sich an ihr Bett und gab ihr einen Kuss auf die Stirn. Er wirkte bedrückt.
„Bleibst du übers Wochenende?“, fragte sie.
„Besser nicht, deine Mutter ist wieder mal auf Krawall gebürstet, irgendwas ist ihr wieder über die Leber gelaufen, man kann ihr nichts recht machen, sie ist und bleibt schwierig, aber gut, ich will dich nicht langweilen.“
„Tust du nicht“, erwiderte Sophie enttäuscht. „Ich hätte mich nur gefreut, wenn wir ein schönes Wochenende verbracht hätten, aber das ist wohl zu viel verlangt.“
„Magst du, dass ich bleibe?“, hakte ihr Vater nach.
„Schon, aber nicht meinetwillen, ich verstehe, wenn du lieber das Weite suchst.“
„Kommst du wenigstens mit ihr klar?“, erkundigte sich ihr Vater.
„Nicht wirklich, sie beharrt darauf, dass ich in ihre Fußstapfen trete, ich würde aber so gern später was anderes studieren, etwas, an dem ich Spaß habe, aber sie droht mir, mich dann finanziell nicht zu unterstützen. Ich glaube, die bringt es fertig, mich dann einfach vor die Tür zu setzen, das traue ich ihr zu.“
Ihr Vater legte den Zeigefinger auf seinen Mund.

Sophie folgte seiner Geste. Dann stand er leise auf, aber redete weiter.
„Und was macht die Schule, hast du schon einen Freund …“ Er hatte die letzte Silbe kaum ausgesprochen, als er die Tür aufriss.
„Na, alles mitbekommen, Frau Psychologin?“
Obwohl es offensichtlich war, dass Sophies Mutter an der Tür gelauscht hatte, versuchte sie sich aus der Situation zu winden.
„Was soll das?“, entgegnete sie pikiert, „ich wollte Sophie nur etwas fragen.“
„Was denn?“, schaltete sich Sophie mit sarkastischem Unterton ein, „ob ich schon meine Mathe-Hausaufgaben erledigt habe? Du kannst dich auf deine kleine Streberin verlassen.“
„Ihr steckt beide mit dem Kopf unter einer Decke“, bemerkte sie spitz, bevor sie beleidigt die Tür hinter sich zuknallte.
„Tut mir leid, aber ich geh besser“, entgegnete ihr Vater.
„Zu deiner Geliebten?“, fragte Sophie. „Wie viele hast du eigentlich? Eine, zwei oder einen ganzen Harem?“
Ihr Vater wuschelte ihr durchs Haar.
„Du bist die wichtigste Frau in meinem Leben, nur du, merk dir das. Wenn irgendwas sein sollte, wenn du mich brauchst, wenn dich deine Mutter vor die Tür setzt, dann kommst du einfach zu mir.

Lass dir von deiner Mutter in nichts reinreden, folge deinem Instinkt, deinem Traum.“
Sophie hätte sich gern mit ihrem Vater noch eine ganze Weile unterhalten, aber sein Handy klingelte.
Er stand auf und ging zum Fenster. Obwohl ihr Vater sich alle Mühe gab, reserviert zu sprechen, filterte Sophie die weibliche Stimme am anderen Ende heraus.
„Deine Freundin?“
Ihr Vater nickte. „Ertappt.“
„Ist sie hübsch? Hast du ein Foto, kann ich sie mal kennenlernen, wie heißt sie?“
Ihr Vater schmunzelte.
„Sie ist sehr nett, hübsch auch, aber was viel wichtiger ist, sie ist warmherzig, sie achtet mich, verstehst du, wertschätzt mich, verleiht mir Geborgenheit, stellt mich nicht infrage, gibt mir Kraft. Ich fühle mich in ihrer Nähe irgendwie beschützt, klingt vielleicht unmännlich, aber ich bin auch nur ein Mensch.“
„Dann bist du zu beneiden“, versuchte Sophie die Verlegenheit ihres Vaters zu überspielen und lächelte ihn an. „Dann geh zu ihr, dort bist du besser aufgehoben. Ich bin dir nicht böse.“
Ihr Vater wirkte sichtlich erleichtert.
„Vielleicht kommst du nächste Woche zu mir, dann verbringen wir das Wochenende gemeinsam,

gehen ins Kino, was essen, okay?“, schlug er vor.
„Zu dir ins Hotel oder zu deiner neuen Flamme nach Hause?“, hakte Sophie misstrauisch nach.
„Wenn du nichts dagegen hast, dann …“
„Also wohnst du schon bei ihr?“, unterbrach Sophie abgeklärt. „Ich hätte nichts dagegen, wenn deine Freundin dabei ist, wirklich nicht“, beeilte sie sich hinzuzufügen.
Ihr Vater lächelte dankbar.
„Warte, mein Schatz, ich hab noch was für dich.“
Er kramte seine Brieftasche hervor und holte zwei Hundert-Euro-Scheine hervor. „Für dich, kauf dir was Schönes. Brauchst du sonst noch was?“
„Ja“, erwiderte Sophie im schwärmerischen Tonfall und kuschelte sich an ihr Kissen.
„Liebe … viel Liebe.“
Ihr Vater nahm sie zum Abschied fest in seine Arme.
„Du bist noch so jung, hast das ganze Leben noch vor dir, mein Schatz, irgendwann wirst du dem Richtigen begegnen.“
„Und du bist der Erste, der ihn kennenlernen wird, deine Meinung wäre mir sehr wichtig.“
Sophies Vater ahnte zu dieser Zeit nicht, dass er alsbald. seine Tochter an den Falschen verlieren würde.

2. Kapitel

Sophie blieb noch einige Zeit gedankenverloren auf ihrem Bett liegen. Sie hatte die Tür von innen abgeschlossen, lauschte in die Stille, hörte die schimpfende Stimme ihrer Mutter.
„Elendiger Hurensohn!“, schrie sie ihrem Gatten hinterher. Danach nahm sie nur noch das laute Zuklappen der Haustür wahr. Ihr Vater hatte sich aus dem Staub gemacht. Er war kaum aus dem Haus, als ihre Mutter die Klinke von Sophies Zimmertür nach unten drückte.
„Sophie, meine Liebe, ist alles in Ordnung?“, erkundigte sie sich scheinheilig. „Magst du mit mir reden, ich höre dir gern zu.“
„Nein, Klara, ich will nicht reden, ich will meine Ruhe haben … und nein, ich weiß nicht, ob er eine

neue Frau hat“, erwiderte Sophie ungehalten. Anschließend hatte Sophie endlich ihre Ruhe und blickte neugierig auf ihren Facebook-Account. Mehrere neue Freundschaftsanfragen waren eingetrudelt. Einige klickte sie, ohne lang zu überlegen, weg. Sie war wählerisch geworden, konnte, so glaubte sie zumindest, zwischen Fakes und ernst gemeinten Anfragen unterscheiden. Sie hatte mit dem Finger bereits die Löschtaste im Visier, aber sie zögerte. Blickte immer wieder auf das Foto des jungen Mannes, der ungewohnt gut aussah und eine charismatische Ausstrahlung besaß, die Sophie einen wohligen Schauer bescherte.
„Achmed?“, flüsterte sie fragend vor sich hin, während sie sein Bild vergrößerte, ihn gebannt in Augenschein nahm. Ihr Herz klopfte ihr bis zum Hals. Was wollte dieser gut aussehende Typ ausgerechnet von ihr? Sie konnte doch optisch gesehen überhaupt nicht seine Kragenweite sein? Abgesehen davon, dass sie mindestens zehn Jahre jünger war als er.
„Will der mich verarschen?“, flüsterte sie misstrauisch, während sie sein Foto weiterhin anstarrte, als handle es sich um eine komplizierte Textaufgabe. Kurzerhand klickte sie so rasch auf die Bestätigungstaste, als hätte sie Angst, sich die Finger zu verbrennen.

„Mal sehen, was passiert“, raunte sie konzentriert und wartete.

Zwei Stunden tat sich gar nichts. Sophie musste sich eingestehen, dass sie enttäuscht war, versuchte sich aber gleichzeitig zur Vernunft zu rufen, vertiefte sich in einen ihrer Romane und träumte sich in eine andere Welt. Da, wo die Mädchen ihren Traumprinzen fanden, da, wo die Welt noch in Ordnung schien – da, wo sie gern sein wollte.
Sie musste kurz eingenickt sein. Ihr Buch lag auf dem Boden. Irgendetwas hatte sie aufgeweckt. Vermutlich das Poltern des Buches. Sie warf einen schläfrigen Blick auf den Bildschirm, wollte ihn gerade zuklappen, als sie förmlich zusammenzuckte.
Sie hatte eine Antwort erhalten.

Hallo, du hübsches Mädchen,
ich hoffe, ich störe dich nicht. Danke, dass du meine Freundschaftsanfrage bestätigt hast. Was machst du gerade? Lass mich raten, bestimmt liest du gerade ein Buch oder schaust dir einen Film an. Einen Liebesfilm vielleicht? Ich bin zu Hause, hab mir gerade einen Tee gekocht und es mir auf meinem Sofa gemütlich gemacht. Dabei gucke ich mir immer wieder dein Foto an. Du bist

echt hübsch, aber irgendwie siehst du traurig aus. Sorry, ich will dir nichts unterstellen, vielleicht bist du ja auch ganz glücklich und hast dich an deinen Freund gekuschelt. Sorry, wird wohl so sein… wollte dich nicht stören. War wohl blöd von mir. Sorry noch mal und alles Liebe. Hübsch bist du trotzdem …

Sophie bemerkte nicht, dass sie dermaßen perplex war, dass sie beim Lesen die Luft angehalten hatte. Erst als sie die Nachricht zu Ende gelesen hatte, atmete sie geräuschvoll aus. „Oh Gott, oh Gott“, wisperte sie fieberhaft und drehte nervös an einer Haarsträhne.
Sie warf einen prüfenden Blick auf die Zeitangabe des Laptops. Es war bereits nach Mitternacht. Morgen früh musste sie beizeiten aufstehen, aber es juckte in ihren Fingern, Achmed sofort zurückzuschreiben. Die Gefahr war viel zu groß, dass der junge Mann sich einer anderen zuwandte. So eine Chance durfte sie sich nicht entgehen lassen. Die Vorstellung, dass da jemand war, der sie als hübsch empfand, sie richtig einschätzte, obwohl sie noch kein persönliches Wort miteinander geredet hatten, ließ ihre Finger über die Tastatur schweben.

Hi Achmed,

du hast richtig geraten, ich habe gelesen, bin dabei eingeschlafen und ja, es war ein Liebesroman, bin ein bisschen romantisch. Wie alt bist du? Und was machst du so? Und wo kommt dein Name her? Siehst auch gut aus.
PS: Ich habe keinen Freund, also, alles easy, du „störst“ nicht. Muss jetzt schließen, muss morgen früh aufstehen. Bis bald????
Sophie

Sophie klickte auf absenden und kaute nervös auf ihrer Unterlippe. Sie wollte mehr schreiben, aber sie hielt sich bewusst zurück, hatte Angst, zu aufdringlich und neugierig zu erscheinen, so als hätte sie es nötig. Diesen Verdacht wollte sie keinesfalls erwecken. So wartete sie nicht, bis sie eine Antwort bekam, sondern zwang sich, den Laptop zuzuklappen, löschte das Licht der Nachttischlampe, kuschelte sich in ihre Bettdecke und schlief mit einem Lächeln im Gesicht ein.

Am nächsten Morgen erwachte sie eine halbe Stunde früher als üblich. Ihre erste Amtshandlung galt ihrem Laptop. Sie ließ ihn hochfahren, ging in der Zwischenzeit ins Bad. Fertig angezogen, eilte sie in die Küche und bediente die Kaffeemaschine. Es war noch ganz ruhig im Haus. Ihre Mutter schlief noch. Sophie hatte noch mehr als eine

halbe Stunde Zeit, bis sie das Haus verlassen musste.
Mit dem dampfenden Kaffeebecher in der Hand schlich sie wieder in ihr Zimmer zurück.
Aufgeregt starrte sie auf die eingegangenen Nachrichten auf ihrer Seite. Tatsächlich hatte ihr Achmed gestern Nacht noch geantwortet. Sophie stieß ein unterdrücktes Jauchzen hervor und biss sich in die Faust.

Liebe Sophie,
ich bin 27 Jahre alt, für dich leider ein alter Knacker, aber glaub mir, ich habe auch meine Vorzüge. Wenn man älter ist, ist man ja auch vernünftiger und erfahrener, kann gut zuhören zum Beispiel. Wäre echt froh, wenn dich mein Alter nicht stört. Zurzeit arbeite ich bei meinem Vater, der hat eine Elektrofirma, habe Fachabitur gemacht und mich zum Betriebswirt ausbilden lassen. Meine Familie kommt aus dem Libanon, ich bin aber hier geboren, mein Name bedeutet – jetzt lach nicht – „der Lobeswürdige", meine Mama hat auf dem Namen bestanden. Mir gefällt der Name nicht so, aber ich liebe meine Mama sehr, deswegen bin ich ihr nicht böse.
PS: Was bist du eigentlich für ein Sternzeichen und wie alt bist du?
Bin neugierig, was?

Ich wünsche dir einen schönen Tag, Prinzessin Sophie, du Tugendhafte (habe gegoogelt).

„Prinzessin Sophie, du Tugendhafte“, kicherte Sophie geschmeichelt.
Kurz überlegte sie, ob sie noch antworten sollte, aber sie hatte nicht mehr viel Zeit, so entschied sie sich, alles in Ruhe auf sich einwirken zu lassen, das Glücksgefühl noch ein bisschen zu genießen. Wer weiß, ob Achmed nicht den Rückzieher machen würde, wenn sie ihm mitteilt, wie alt sie ist. So wie es aussah, war er ein vernünftiger, bodenständiger Mann, und so jemand gibt sich bestimmt nicht mit einem minderjährigen, unerfahrenen Mädchen ab.
„Vermutlich lässt er mich fallen wie eine heiße Kartoffel, wenn er erfährt, wie alt ich erst bin“, mutmaßte Sophie betrübt, während sie zur Bushaltestelle eilte.

„Was ist mit dir? Siehst aus, als wäre dir eine Laus über die Leber gelaufen“, empfing sie ihre Freundin Bianka und begutachtete sie skeptisch, „hat dich wieder deine Mutter genervt?“, spekulierte sie weiter.
„Ja, äh, nein, erzähl ich dir später“, entgegnete Sophie kurz angebunden.
Bianka gab sich mit der Antwort vorerst zufrieden.

Besonders spannende Geschichten hatte Sophie sowieso nicht zu erzählen. Eigentlich hatte sie auch nur aus Höflichkeit gefragt, um ihr eigentliches Anliegen in die Wege zu leiten.
„Sag mal, hast du die Mathe-Hausaufgaben gemacht? Bin gestern nicht dazugekommen, habe zu lang im Netz herumgehangen, und kann ich heute bei der Englischarbeit bei dir abschreiben?“
„Was fragst du so blöd“, reagierte Sophie etwas pampig, „klar kannst du das.“
Ich weiß gar nicht, wie ich das jemals wiedergutmachen kann“, gab sich Bianka schuldbewusst.
„Irgendwann werde ich deine Hilfe auch brauchen“, erwiderte Sophie grinsend, „vielleicht sogar schon bald.“
„Echt? Solange du von mir kein Geld verlangst, tu ich alles für dich. Apropos Kohle“, druckste Bianka herum, „kannst du mir mal 10 Euro leihen, ich hab da ein Paar heiße Ohrringe gesehen, die will ich unbedingt haben.“
„Klar, können ja nach der Schule kurz shoppen gehen, brauch auch mal neue Schminke, hab von meinem Paps gestern 200 Euro bekommen. Geil, was?“
„So einen Erzeuger hätte ich auch gern, meiner zahlt meiner Mutter noch nicht mal Unterhalt.“

Nach der Schule fuhren die beiden Freundinnen in die Einkaufspassage von Nürnberg. Sophie spendierte Bianka nicht nur die Ohrringe, sondern auch einen neuen Lippenstift und ein Parfüm.
„Dann steh ich jetzt bei dir mit knapp 50 Euro in der Kreide, du hast heute echt die Spendierhosen an. Danke, weiß jetzt aber nicht genau, wann ich dir das Geld zurückzahlen kann. Kann ich dir das in Raten abstottern?“
„Mach dir keine Sorgen, kannst dir Zeit nehmen“, antwortete Sophie geistesabwesend, während sie die Auslage der Schminkutensilien durchstöberte.
„Seit wann interessierst du dich so für Schminke?“, hakte Bianka amüsiert nach, „so kenn ich dich gar nicht.“
Sophie grinste geheimniskrämerisch, ohne zu antworten.
„Was hältst du von der Farbe?“, lenkte Sophie ab.
„Hammerrot, der Lippenstift ist kussecht, würde deine vollen Lippen noch mehr betonen … dann würden die Typen nur noch ans Blasen denken, wenn sie dich angucken.“
Bianka lachte und stupste ihre Freundin schadenfroh an.
Sophie wirkte verlegen.
„Ich weiß gar nicht, wie das geht, aber du kannst mir sicher auf die Sprünge helfen“, konterte Sophie unerwartet zurück.

„Respekt, wie bist du denn heute drauf, kenn dich gar nicht wieder, und was du da alles eingekauft hast, irre."
Bianka sah verwundert in Sophies Einkaufskorb. „Irgendwas ist da im Busch", mutmaßte sie weiter. „Ich hoffe, du weihst mich ein ... und wenn du Hilfe brauchst, ich mein, wenn du wissen willst, wie man einen Kerl wahnsinnig macht, dann frag mich, ich weiß, wies geht. Ich hab auch Pornos zu Hause ... rein so, zur Anschauung."
„Jetzt übertreib nicht, außerdem soll man nicht über ungelegte Eier reden", erwiderte Sophie verlegen, „Aber ich halt dich auf dem Laufenden."
Als die Mädchen die Drogerie verließen, hatten sie insgesamt fast 100 Euro ausgegeben. Eigentlich wollten sie den Heimweg antreten, als Sophies Augenmerk auf ein Modegeschäft fiel.
„Ich muss in die Unterwäscheabteilung", sagte sie entschlossen.
„Jetzt gehts ans Eingemachte ... ich tippe auf schwarze Spitzenunterwäsche? Klar, ich komme mit, aber da wirst du Probleme bekommen wegen deiner beneidenswerten Oberweite."
Tatsächlich musste Sophie mehrere Büstenhalter anprobieren, bis sie etwas Passendes fand.
„Der steht dir echt gut, Wahnsinn, nimm ihn, da gibts auch die passenden Höschen dazu", animierte Bianca und hielt ihr zwei schwarze

Spitzenhöschen durch den Vorhang der Kabine.

„Komm, ich lad dich noch zu einen Kaffee ein“, schlug Sophie gut gelaunt vor, als sie das Geschäft verließen. Obwohl Bianka versuchte ihre Freundin auszuquetschen, blieb Sophie stur. Und je mehr Bianka nervte, umso mehr fühlte sich Sophie unwohl in ihrer Haut. Irgendwie kam sie sich sogar lächerlich vor, so viel Geld für sinnlosen Schnickschnack ausgegeben zu haben. Was hatte sie sich nur dabei gedacht, so einfältig zu handeln?
„Ich bin eine Vollidiotin“, schimpfte sie, als sie eiligen Schrittes nach Hause lief.
Sie schloss die Tür auf und polterte lautstark die Stufen zu ihrem Zimmer empor. Die Einkaufstüte mit den Dessous versteckte sie im Schrank zwischen den Pullovern. Anschließend fuhr sie ihren Laptop hoch. Das dauerte stets eine gewisse Zeit, da der Laptop schon ziemlich veraltet war. Ungeduldig zappelten ihre Finger über die Schreibtischplatte. Sie konnte es kaum erwarten, ihm zu antworten.

Lieber Achmed,
ich bin sehr erstaunt, dass du mich nach meinem Sternzeichen fragst, ist ja normalerweise Mädchenkram. Aber ich glaube trotzdem dran,

zumindest, was die Charaktereigenschaften der Sternzeichen angeht. Ich bin ein Stier, habe am 18.Mai Geburtstag.
Es freut mich, zu hören, dass du so ein liebes Verhältnis zu deiner Mutter hast, bei mir ist das leider nicht so. Aber damit möchte ich dich nicht langweilen. Hast du eigentlich ein Hobby?
PS: Freue mich schon auf Samstag, da kann ich schön ausschlafen.
PPS: Es tut mir sehr leid, aber ich muss dir mitteilen, dass ich noch zur Schule gehe, aufs Gymnasium, in die neunte Klasse. Ich bin erst 15 Jahre alt.
Ich hoffe, es stört dich nicht???
Sophie, die „Tugendhafte"

Die beiden letzten Sätze löschte Sophie wieder und las sich die Zeilen noch einmal durch. Dann machte sie das Gelöschte doch wieder rückgängig und schickte den Brief mit einem tiefen Stoßseufzer ab.
„Das wars dann wohl", dachte sie, „von dem werde ich nichts mehr hören."
Sie dachte an ihre Einkäufe, nahm die Drogerietüte zur Hand, leerte sie missmutig auf ihrem Bett aus und betrachtete die Wundermascara, mit der man angeblich ultralange Wimpern bekommt, das Mineralpuder, das

angeblich alle Pickel kaschiert, den „Zauber"-Lippenstift, der Männer angeblich in den Wahnsinn treibt.
Gedanklich hallte Biankas Stimme in ihrem Kopf:
… dann würden die Typen nur noch ans Blasen denken, wenn sie dich ansehen.

Sophies Vorahnungen schienen sich zu bestätigen. Achmed antwortete nicht. Beinahe im Minutentakt sah sie immer wieder auf ihr Smartphone. Vergeblich.

Erst drei Tage später, als sie eigentlich schon mit Achmed abgeschlossen hatte, ihre Dessous in den Mülleimer und ihre Schminke in die unterste Schublade des Badezimmerschranks verbannt hatte, meldete er sich.

Hi, Prinzessin, bitte sei mir nicht böse …

Hier wollte sie eigentlich schon nicht mehr weiterlesen. Das große ABER malte sie sich bereits gedanklich aus. Dennoch zwang sie sich dazu, mit der Überzeugung im Hinterkopf, richtigzuliegen.

… aber ich brauchte die Zeit, um nachzudenken. Dass du am gleichen Tag Geburtstag hast wie ich,

hat mich ja noch gefreut, aber dass du erst 15 bist, ehrlich gesagt, schockiert. Ich habe ehrlich gedacht, dass du schon etwas älter bist, 17 oder so. Mit einem 15-jährigen Mädchen hatte ich noch nie Kontakt, du weißt, was ich meine, das ist ziemlich krass. Sorry, aber du bist doch bestimmt noch Jungfrau, oder??? (Brauchst nicht zu antworten, wenn du nicht willst.) Wenn es so sein sollte, dann ziehe ich vor dir den Hut, bewahre dir deine Unschuld, bis der Richtige kommt, ich glaube, ich bin es auf jeden Fall nicht. Aber trotzdem können wir uns mal unverbindlich zum Kaffee treffen, wenn du willst.
Pass auf dich auf, meine kleine Prinzessin

Sophie schrieb nur ein einziges Wort.

Wann?

Dann wartete sie. Genau eine Minute.

… gut, dann lade ich dich morgen zu einem Glas Champagner ein, ins „Modern Art“, kennst du sicher? Geht aber erst um 19 Uhr, muss arbeiten. Soll ich dich irgendwo abholen?

Obwohl Sophie die Lokalität nicht kannte, willigte sie ein:

Kein Problem, ich fahre mit dem Bus. Ich freu mich!

Achmeds Antwort ließ nicht lang auf sich warten:

Bring aber etwas Zeit mit, vielleicht gehen wir noch ins Kino oder so und zieh dir was Warmes an, morgen solls saukalt werden.

Sophie lächelte, während sie den letzten Satz las. Sie erinnerte sich an einen Jungen, mit dem sie sich einmal verabredet hatte, der hatte zu ihr gesagt, dass sie sich etwas Geiles anziehen solle. Wieder einmal bestätigte sich, dass es sich bei Achmed um einen Kavalier handelte. Jetzt musste sie ihn nur noch kennenlernen, ihm beweisen, dass sie keine schüchterne Jungfrau ist, kein kleines Mädchen, welches von Tuten und Blasen keine Ahnung hat. Sie würde sich warm anziehen, seinen Rat befolgen. Sie stolperte förmlich zu ihrem Schrank und kramte einen kurzen wollenen Rock hervor. Dazu eine blickdichte Strumpfhose und die Boots mit dem Sechs-Zentimeter-Absatz. „Meine Haare trage ich offen“, entschied sie gedanklich und legte die Sachen schon mal auf ihr Bett. Anschließend ging sie, gelangweilt spielend, zu ihrer Mutter in die Küche, die gerade dabei war,

das Abendbrot vorzubereiten.
„Ich muss morgen mit Bianka lernen, das wird dauern, ich glaube, ich penn dann gleich bei ihr. Ist das okay?"
„Kein Problem", antwortete ihre Mutter.
Sophie überlegte, ob sie ihrer Mutter noch sagen sollte, dass sie ja bei Bianka anrufen könne, aber im letzten Moment fiel ihr ein, dass genau diese Bemerkung ihre Mutter stutzig gemacht hätte. Bis jetzt hatte ihre Mutter ihr nur ein einziges Mal nachspioniert, seitdem nie wieder.
„Sag mal", ihre Mutter lehnte sich mit den Rücken an den Kühlschrank und musterte Sophie, gleichgültig spielend.
Ich hab da eine Tüte im Mülleimer gefunden ... schwarze Unterwäsche. Wie kommt die da rein? Ist die von dir? Trägst du so Nuttenzeug?" Ihre Mutter blickte sie mit sezierendem Interesse an.
Sophie bemerkte, wie ihr das Blut in die Wangen schoss, versuchte die Nerven zu behalten.
„Ach was, das Zeug hat mir Bianka geschenkt, ihre große Schwester hats gekauft und es gefiel ihr dann nicht mehr ... und schwarze Spitzenunterwäsche ist jetzt nicht unbedingt mein Geschmack." Sophie bemerkte, dass sie, während sie ihre Lüge auftischte, plötzlich ganz ruhig und gelassen wirkte. Sie achtete auf Mimik und Gestik, weil sie genau spürte, dass ihre Mutter sie jetzt

ganz genau ins Visier nahm. Als Psychotante wusste sie genau, wie man jemanden bei einer Lüge ertappt. Aber Sophie sah ihr ohne zu blinzeln ins Gesicht, unterdrückte den verräterischen Impuls, sich an Nase oder Ohr zu kratzen, sondern setzte noch eins drauf:
„Du hast doch genauso große Titten, sorry, Brüste, wie ich, vielleicht kannst du das Zeug gebrauchen?“ Sophie grinste herausfordernd.
„Ist auch nicht mein Stil“, erwiderte ihre Mutter amüsiert.
Sophie war bereits am Gehen, als sie sich noch einmal zu ihrer Mutter umdrehte.
„Sag mal, spionierst du mir eigentlich nach?“
„Nein“, erwiderte ihre Mutter gelassen.
„Wenn ich dich dabei erwische, dann ziehe ich hier aus. Dann gehe ich zu Paps“, drohte Sophie.
„So? Der hat doch gar keine eigene Wohnung?“
„Doch, hat er“, erwiderte ihre Tochter und wandte sich zum Gehen.
„Willst du nicht was essen?“, rief ihre Mutter ihr nach.
„Nein, ich bin eh zu fett, hast du selbst mal gesagt“, trällerte sie zurück.
Sophie bekam nicht mehr mit, wie ihre Mutter sich auf den Küchenstuhl plumpsen ließ, mit der Hand wie ferngesteuert nach dem Weinglas griff, das auf der Arbeitsplatte stand, und das volle Glas in

einem Rutsch in ihre Kehle kippte.
„Verdammtes Miststück, genau wie ihr Vater“, flüsterte sie argwöhnisch vor sich hin. Dann leuchteten plötzlich ihre Augen auf. Sie stellte das Glas beiseite, schnappte sich ihr Handy und tippte eine Nummer ein. Als sich die gewünschte Stimme am anderen Ende meldete, zauberte sich ein verklärtes Lächeln auf ihr Gesicht.

Den ganzen Tag schon fieberte Sophie ihrer Verabredung mit Achmed entgegen. Sie wollte pünktlich sein. Saß bereits fertig angezogen auf ihrem Bett und behielt die Zeitangabe ihres Handys im Auge. Obwohl es erst kurz nach 18 Uhr war, entschloss sie sich, schon mal aufzubrechen. Sie trug wie immer einen Anorak mit Kapuze, ihre ausgeleierten Turnschuhe, dazu eine weit geschnittene Jeans, darunter trug sie den kurzen Rock, die blickdichte schwarze Strumpfhose, ihre Haare hatte sie zu einem Knoten am Hinterkopf zusammengebunden, in ihrer Tasche hatte sie die hochhackigen Boots und ihre Schminkutensilien deponiert. Bianka war eingeweiht. Sie hatten ausgemacht, dass Sophie nach ihrem Date bei ihr übernachtet. Sie eilte zur Bushaltestelle. Dankenswerterweise wartete dort noch niemand, da der Bus erst in einer Viertelstunde fuhr. Hastig zog sie die Jeans aus, holte ihre Absatzboots aus

der Tasche und tauschte sie gegen ihre Turnschuhe ein. Sie öffnete den Haarknoten und bürstete sich ihre langen, rötlich schimmernden Haare. Danach holte sie in Ruhe ihre Kosmetiktasche hervor, tuschte sich die Wimpern, puderte sich das Gesicht und trug den roten, kussechten Lippenstift auf. Zufrieden betrachtete sie ihr Werk noch einmal im Handspiegel. Tatsächlich wirkten ihre Lippen jetzt viel praller und verliehen ihrem Gesicht etwas Puppenhaftes. Die restlichen fünf Minuten saß Sophie unruhig auf der Bank des Wartehäuschens. Sie hatte sich die Kapuze aufgesetzt, ihre Hände tief in ihre Jackentaschen vergraben. Achmed hatte recht behalten. Heute war es verdammt kalt, grad mal 10 Grad, obwohl es bereits Ende März war. Sie lächelte entrückt vor sich hin, während sie an seine letzte Mail dachte. Er hatte sie indirekt gefragt, ob sie noch Jungfrau sei. Allein diese Frage hatte ihr einen frivolen Schauer über den Rücken gejagt. Vor allem die Bemerkung, dass sie sich ihre Unschuld bewahren solle, dass er vor ihr den Hut ziehe und sie warten solle, bis der Richtige käme, hatte ihr Herz erwärmt.
„Wer, wenn nicht du …“, kicherte sie geistesabwesend vor sich hin, als sich plötzlich ein älteres Ehepaar neben sie gesellte und ihre Gedanken durchkreuzte.

Der Bus kam endlich und Sophie setzte sich auf die hinterste Sitzbank. Sie wollte allein sein, ihre Aufregung in den Griff bekommen.
Nach einem zehnminütigen Fußmarsch erreichte sie den Treffpunkt. Das Lokal war geöffnet, drinnen saßen Leute, es herrschte geschäftiges Treiben, leise Musik drang an ihre Ohren. Sie war etwas zu früh. Zehn Minuten. Vielleicht war das falsch? Vielleicht machte es einen besseren Eindruck, wenn sie später kam?
„Vielleicht sollte ich mich in einer Hausnische verstecken und warten, bis er kommt?“, dachte sie. „Zu spät“, entschied sie. „Vielleicht hat er mich schon gesehen.“

Es war bereits kurz nach halb acht, als Sophie erste Zweifel überkamen. Achmed hatte sie versetzt. Kurz vor acht machte sich Sophie enttäuscht auf den Heimweg.
Sie war dermaßen verärgert, dass sie sich entschloss, nicht zu Bianka zu gehen, sondern lieber nach Hause. Sie hatte jetzt echt keinen Bock darauf, sich von ihrer Freundin bemitleiden zu lassen. Sie schickte ihr kurz eine WhatsApp, dass sie heute doch nicht käme.

Es war bereits dunkel, als sie der Bus an der Haltestelle wieder absetzte. Lustlos fläzte sie sich

auf die Bank im Bushäuschen, wischte sich mit einem Taschentuch die Farbe von den Lippen, zog sich wieder ihre Jeans über und schlüpfte in ihre Turnschuhe. Ihre Haare ließ sie offen, stülpte nur ihre Kapuze über den Kopf.
Während sie die knapp einhundert Meter wie eine Schulschwänzerin nach Hause lief, überlegte sie, was sie ihrer Mutter für eine Ausrede auftischen sollte. Die war samstags immer daheim und würde wie gewohnt bohrende Fragen stellen. Das war das Letzte, was Sophie jetzt gebrauchen konnte. So beschloss sie, sich einfach ins Haus hineinzuschleichen, dann käme sie ihrer Mutter bestimmt nicht in die Quere. Sie hatte den Schlüssel bereits aus ihrer Jackentasche gekramt, als plötzlich eine Nachricht auf ihrem Handy einging.

Sorry, Sophie, aber ich kann nicht kommen, meine Mutter hat einen Unfall gehabt, sie ist von der Leiter gestürzt und hat sich den Arm gebrochen … habe sie ins Krankenhaus gefahren, muss mich auch um ihren Hund jetzt kümmern, kann heute nicht kommen, es tut mir leid … bitte verzeih mir …

Sophie fühlte sich dermaßen erleichtert, dass sie erst mal verschnaufen musste und sich an die

Hausmauer lehnte. „Alles gut ...“, murmelte sie atemlos, während sie nochmals auf das Display ihres Smartphones starrte. Achmed hatte zu seiner Nachricht ein neues Bild hinzugefügt, das Sophie förmlich in die Knie zwang. Sie hockte mit dem Rücken an der Hausmauer gelehnt und betrachtete das Foto mit gierigem Interesse. Das Foto zeigte ihn mit freiem Oberkörper. Man konnte seine durchtrainierten Oberarme erkennen, die mit großflächigen Tattoos übersät waren. Es war ein Foto, das trotz seiner frivolen Darstellung harmlos rüberkam. Es sah aus, als wäre es zufällig entstanden. Der kleine Hund auf seinem Arm sorgte dafür, dass Achmeds Pose nicht zur Schau gestellt wirkte. Und genau das war es wohl, was Sophie förmlich dahinschmelzen ließ.

Sie steckte das Handy in ihre Tasche und spekulierte kurz, ob sie doch zu Bianka gehen und mit ihr die Neuigkeiten teilen solle. Aber sie entschied sich dagegen. Sie wollte jetzt doch lieber allein sein. In Ruhe auf ihrem Bett liegen und sich Achmeds Foto betrachten. Außerdem musste sie ihm noch eine gut durchdachte Nachricht schreiben.

Leise schloss sie die Haustür auf und klappte sie ebenso behutsam zu. Sie schlich durch die Diele die Treppe hinauf. Auf dem mittleren Treppenabsatz lauschte sie. Ein merkwürdiges

Geräusch drang an ihre Ohren. Sie konnte es nicht zuordnen und schlich weiter die Treppe zu ihrem Zimmer empor. Sie hatte die Türklinke bereits in der Hand, als sie schlagartig innehielt. Sie vernahm ein abgehacktes Stöhnen, das sich anhörte, als würde sich jemand in Not befinden. Zwei Türen weiter befand sich das Schlafzimmer ihrer Eltern. Sophie schlich an die Schlafzimmertür und lauschte. Das Stöhnen wurde lauter. Außer den erstickten Schreien ihrer Mutter konnte Sophie noch eine männliche Stimme herausfiltern. War das möglich? War ihr Vater wieder zurückgekommen und hatte sich mit ihrer Mutter auf erotischer Ebene versöhnt? Sophie zweifelte. Schließlich stand kein Auto vor der Tür. Die Tür war nur angelehnt, ein gedämpfter Lichtstrahl drang nach außen. Sophie glaubte ihren Augen nicht, als sie die Tür einen Spalt breit öffnete und ins Innere des Zimmers spähte. Mit Mühe und Not konnte sie einen Aufschrei unterdrücken. Das, was sie da zu sehen bekam, sprengte all ihre Vorstellungskraft und ließ sie für einen Moment erstarren. Wie paralysiert starrte sie auf das breite Bett, auf dem ihre Mutter lag. Sie lag auf dem Bauch, die Hände mit Tüchern an den Bettpfosten gebunden, ihren Hintern wie eine läufige Hündin dem Mann entgegengestreckt, bei den es sich nicht um ihren Vater handelte. Der Mann war

jünger als sie, nackt, und war gerade dabei, ihre Mutter mit brachialer Gewalt von hinten zu penetrieren. Für einen Bruchteil einer Sekunde glaubte Sophie, dass ihre Mutter einer Vergewaltigung zum Opfer gefallen sei, aber die wollüstige Energie, mit dem sie den unbekannten Adonis anfeuerte, war eindeutig.
„Fick mich, fester … na, mach schon, tiefer“, befahl sie, während sie sich voll und ganz dem Rausch der Ekstase hingab, der Unbekannte ihr auf ihr nacktes Hinterteil schlug und sie als geile Stute titulierte.
„Die trägt meine Dessous“, war ein Gedanke, der Sophie trotz Schockphase ereilte.
Geistesgegenwärtig zückte sie ihr Smartphone und begann die surreale Szenerie zu filmen. Es war, als würde Sophie in diesem Moment der Schockstarre fremdbestimmt handeln. Sie wusste gar nicht, warum sie das tat, warum sie diesen peinlichen Akt aufnahm. Aber sie tat es, ohne dass ihre Hand dabei zitterte, ohne dass sie Angst hatte, dabei erwischt zu werden, ohne dass sie dabei ein schlechtes Gewissen verspürte. Sie filmte so lange, bis der unbekannte Deckhengst und ihre Mutter den finalen Höhepunkt erreichten, bis der Adonis schnaufend auf ihrer Mutter zusammenklappte und ihre Mutter wie eine Ertrinkende nach Luft hechelte.

Auf Zehenspitzen zog sich Sophie zurück, drückte leise die Klinke ihrer Tür nach unten und verschwand in ihr Zimmer. Dort wartete sie eine Weile im Dunkeln. Ihre Mutter sollte auf keinen Fall spitzbekommen, dass sie schon zu Hause war.

Bereits zehn Minuten später vernahm sie Geräusche, sie hörte die Badtür klappen. Einige Minuten später hörte sie Schritte, die sich eilig die Treppe hinabbewegten. Sophie öffnete leise ihre Tür, riskierte einen Blick über das Treppengeländer hinab zur Diele. Sie vernahm das kehlige Lachen ihrer Mutter und die verhaltene Stimme des Fremden. Sie konnte erkennen, wie ihre Mutter einen Briefumschlag zückte und dem Fremden mit einer spielerischen Geste um die Nase wedelte.
„Dein Lohn“, gurrte sie lasziv, „du warst jeden Cent wert.“
Der Fremde hielt ihre Hand fest. Es war offensichtlich, dass er diese Geste als unangenehm empfand.
„Fünfhundert?“, fragte er ernst.
„Zähl nach“, forderte sein Gegenüber in pikiertem Tonfall auf.
Der Fremde öffnete den Umschlag und zählte tatsächlich nach. Er nickte zufrieden. „Hast du mir

ein Taxi gerufen?"
„Kommt in fünf Minuten", erwiderte ihre Mutter.
„Magst du noch einen Espresso?"
Der Fremde lehnte ab und blickte unvermittelt zur Treppe hinauf. Sophie konnte ihren Kopf gar nicht so schnell zurückziehen. Er hatte sie entdeckt, blickte sie lauernd an.
Sophie legte den Zeigefinger auf ihre Lippen, um ihm verständlich zu machen, dass er sie ignorieren solle. Der Fremde grinste verschlagen und hielt sich daran.
„Hast du eigentlich Kinder?", erkundigte sich der Fremde bei ihrer Mutter.
„Ja, eine Tochter, aber die ist heute bei ihrer Freundin."
Der Fremde schmunzelte und begab sich Richtung Ausgang, wo bereits das Taxi vor der Tür stand. Der Gedanke, dass die Kleine ihnen unter Umständen beimv Sex zugesehen haben könnte, erregte ihn.

3. Kapitel

Achmed fläzte auf dem Ledersofa. Sein Cousin Harkan saß ihm gegenüber. Vor ihm kniete ein junges Mädchen, das mit ihrem Kopf auf seinem Oberschenkel lehnte. Harkan graulte ihr durch ihr blondes kurzes Haar, als handle es sich dabei um ein Haustier. Genussvoll zog Harkan an seinem Joint und reichte ihn brüderlich an seinen Cousin weiter.
„Das Zeug ist verdammt gut", bemerkte er, während er sich entspannt zurücklehnte und mit glasigen Augen an die Decke starrte. Das Mädchen hatte ihren Kopf etwas aufgerichtet und behielt ihn aufmerksam im Auge, als warte sie auf eine Anweisung.
„Ich bin so geil, blas mir einen", sagte er leise und

gab dem Mädchen einen auffordernden Klaps auf den Hinterkopf. Das Mädchen richtete sich sofort auf, knöpfte seine Hose auf und tat, was er verlangte.
Achmed beobachtete die bizarre Szenerie mit aufgewecktem Interesse. Glotzte geistesabwesend auf das Mädchen, das sich redlich abmühte.
„Soll sie dir dann auch einen blasen?", grunzte Harkan benommen.
„Klar, wenn sie grad dabei ist", entgegnete Achmed grinsend.
„Scheiße, zieh deine Raffer gefälligst ein, du sollst blasen und mich nicht beißen!", beschwerte sich Harkan. Er hatte sich kurz aufgerichtet und das Mädchen grob am Haarschopf gepackt.
„Sorry", entschuldigte sich das Mädchen unterwürfig.
„Scheiße, ich kann nicht", brummte Harkan nach ein paar Minuten und stieß das Mädchen wie einen herumliegenden Gegenstand zur Seite. Sie rappelte sich auf und kroch auf allen vieren zu Achmed hinüber. Der saß schon mit offener Hose da und war bereits dabei, seinen Penis mit der Hand zu bearbeiten.
„Darf ich?", wisperte das Mädchen gehorsam.
Sie trug eine Schuluniform, bestehend aus einem kurzen blauen Faltenrock, einer weißen Bluse und

dunkelblauen Kniestrümpfen. Ihr Gesicht war ungeschminkt.
Achmed ließ sie gewähren. Im Gegensatz zu seinem offensichtlich übersättigten Cousin brachte ihn das Mädchen verdammt schnell in Fahrt.
„Alles schön auflecken“, befahl er dem Mädchen. Das Mädchen tat, wie ihm befohlen. Sie tat es, fügsam, hingebungsvoll und gründlich, so wie sie es gelernt hatte. Das Mädchen hörte auf den Namen Luise und war erst fünfzehn Jahre alt.
„Hast du gut gemacht, Kleine“, lobte Achmed zufrieden. Er griff in seine Gesäßtasche, holte seine braune Geldbörse einer teuren Designermarke hervor und zog einen Fünfzig-Euro-Schein hervor. Als wolle er einen Hund mit einer Wurst locken, ließ er den Schein um ihr Gesicht flattern.
„Na, jetzt mach brav Sitz“, verlangte er erheitert.
„Jetzt lass den Scheiß, Achmed, die Kleine ist kein Hund, sondern mein bestes Pferd im Stall“, reagierte Harkan angesäuert. Er hatte sich wieder aufgerichtet und schenkte sich ein Glas Whiskey ein.
Achmed grinste einsichtig und steckte den Schein zwischen ihre Lippen.
Auf allen vieren kroch das Mädchen zurück zu Harkan. Der nahm ihr den Schein aus dem Mund und steckte ihn in ihre Bluse.

„Verschwinde jetzt, geh nach Hause und denk dran, heute Nacht hast du drei Freier zu versorgen."
Das Mädchen erhob sich und verschwand in einen Nebenraum. Zwei Minuten später kam sie mit Jeans, einem Pullover, Turnschuhen und einer Schultasche um die Schulter gelegt wieder heraus, küsste Harkan auf den Mund und war im Begriff, die Lokalität zu verlassen, bei der es sich offiziell um eine Tabledance-Bar in der Nähe des Nürnberger Bahnhofsviertels handelte, an der auch Achmed beteiligt war – inoffiziell verfügte das Etablissement über Hinterzimmer, in denen blutjunge Mädchen ihre Dienste feilboten. Die Mädchen wurden nur handverlesenen Freiern angeboten, die ein Faible für Schulmädchen hegten, die zahlten einen hohen Betrag, stellten aber Bedingungen. Die Mädchen durften nicht aus Osteuropa stammen, sondern deutsche Mädchen, die noch zur Schule gingen, darüber hinaus nicht nur über eine plakative Unschuld, sondern auch über eine gewisse Intelligenz verfügten. Luise, die eigentlich Sabine hieß, erfüllte diese Voraussetzungen. Für eine Stunde bekam sie 400 Euro. Manche Freier waren sogar bereit, das Doppelte zu zahlen, wenn Luise für sadistische Spielereien zur Verfügung gestanden hätte. Aber Harkan, ihr Freund, war dagegen. Nicht weil er im

Interesse von Luise handelte, sondern Harkan befürchtete, dass Verletzungen auftreten könnten, die andere Freier abschrecken könnten. Das „frische Fleisch“ sollte zart, rosig und unbeschadet vermarktet werden.
„Tschüs“, verabschiedete sie sich. Sie hatte die Tür schon geöffnet, als Harkan sie noch einmal ansprach:
„Sag mal, was ist eigentlich mit deiner Chemie-Arbeit, habt ihr die schon zurückbekommen?“
Luise strahlte über das ganze Gesicht, ging wieder auf Harkan zu und kramte aus ihrer Schultasche einen Hefter hervor. Ohne ein weiteres Wort zu verlieren, übergab sie ihm das Schriftstück und setzte sich neben ihn.
„Ja, super, meine Kleine, eine glatte Zwei!“, freute er sich und tätschelte Luises Wange. Der Versuch, sich in die Materie von chemischen Gleichungen zu vertiefen und daraus einen logischen Zusammenhang zu erschließen, scheiterte jedoch an seinem Wissen. So überflog er nur die beiden A4-Seiten und runzelte verständnislos die Stirn.
Achmed hatte das Geschehen mit befremdlicher Neugier verfolgt und beobachtete seinen Cousin, der immer noch das Blatt betrachtete, als fiele doch noch der Groschen. „Sag mal, unterschreibst du auch noch ihre Klassenarbeiten?“, machte sich Achmed lustig.

„Klar“, erwiderte der, nahm einen roten Stift zur Hand und setzte unter die Note einen roten Haken. Dann gab er Luise den Hefter wieder zurück.
„Komm her, meine kleine Streberin“, sagte er und zog aus seiner Hosentasche ein Bündel von Fünfhundert-Euro-Scheinen heraus. Kurzerhand entnahm er einen lilafarbenen Schein und drückte ihn Luise in die Hand.
„Hier, für dich, kauf dir was Schönes oder leg es zur Seite“, er zwinkerte bedeutungsschwer, „für unser zukünftiges Zuhause“, fügte er noch hinzu und klatschte mit der flachen Hand auf ihren Hintern. „Ach, eh ichs vergesse, nächste Woche hast du einen Termin bei Doktor Armani, denk dran!“
Luise erwiderte sein Lächeln und nickte konspirativ.
„Ja, ich weiß“, sagte sie seufzend und eilte zur Tür hinaus.

„Die hast du ja voll im Griff, Mann, die frisst dir voll aus der Hand“, gab sich Achmed beeindruckt. „Wie oft war die denn schon beim Zunähen?“
„Bis jetzt einmal, tut ja nicht weh, wird unter Narkose gemacht, auf Armani kann ich mich verlassen, der ist ein guter Doc.“
„Und was kostet das?“, wollte Achmed wissen.

„Vierhundert, bar auf die Kralle."
„Die Adresse musst du mir mal geben, ich glaube, bei mir bahnt sich da auch bald was an."
„Dann schieß mal los. Wie alt ist sie und bist du sicher, dass sie noch Jungfrau ist?"
Achmed erzählte in Kurzfassung von Sophie, schränkte aber ein, dass sie noch nicht reif sei. Er schloss mit der Bemerkung, dass er da noch einiges investieren müsse. „Die ist auch erst fünfzehn, geht in die neunte Klasse ins Gymnasium, hab sie noch nicht persönlich kennengelernt, spiele ein bisschen mit ihr rum, damit sie richtig heiß wird, du weißt doch, wie das Spiel funktioniert. Je mehr ich sie zappeln lasse, desto besser."
„Lass dir dann den Stundenplan von ihr geben, damit du sie voll unter Kontrolle hast, und achte drauf, dass sie die Schule nicht vernachlässigt, sonst besteht die Gefahr, dass die Eltern was merken, das ist das Allerwichtigste. Ich hab den Stundenplan von meiner Kleinen im Büro hängen, fahr sie sogar zum Klavierunterricht, alles läuft bestens. Bei der muss ich aufpassen, die kommt aus einem guten Haus, die Eltern sind beide Ärzte. Und sieh zu, dass du deine Kleine von eventuellen Freundinnen fernhältst. Falls sie eine feste Freundin hat, dann fick die einfach, film das Ganze und halt es der Kleinen unter die Nase, die

wird dann nicht dich, sondern die Freundin hassen … hab ich auch so gemacht."
„Klar, ich weiß schon, wie ich vorgehen muss, aber …"
„Was aber?", hakte sein Cousin nach.
„Den ersten Stich würde ich schon selbst machen wollen."
„Musst du selbst wissen, wenn dir das zwanzigtausend Flocken wert ist", hielt Harkan dagegen. „Du weißt, ich hab ein paar Freier, die zahlen das. He, Mann, denk doch mal nach, es gibt doch viel bessere Möglichkeiten, die Kleine zum Wahnsinn zu treiben. Leck ihre Muschi, verdammt, bring sie so zum Orgasmus, die weicht dir dann nicht mehr von der Seite, sei kein Idiot."
„Du hast recht", erwiderte Achmed einsichtig und wechselte das Thema.
„Sag mal, was hast du vorhin gemeint mit zukünftigem Zuhause?"
Harkan machte eine abweisende Handbewegung und rollte mit den Augen.
„Ach, ich hab ihr gesagt, dass ich schon einen Bauplatz für unser zukünftiges Haus gekauft habe. Mann, eh, die Kleine träumt von Haus und Kindern. Ich muss der doch eine Perspektive bieten. Die ist nicht bereit, sich für Luxusgüter rammeln zu lassen, dafür ist die zu intelligent. Ich bin mit ihr in den Nürnberger Süden gefahren, da

entstehen jetzt haufenweise neue Häuser, da habe ich ihr irgendein Grundstück gezeigt. Die fünfhundert Euro, die sie jetzt bekommen hat, gibt meine Kleine nicht aus, die spart das Geld für unser neues Haus. Die hat garantiert schon mehrere Tausend Euro gebunkert, die Kohle werde ich mir irgendwann unter einen Vorwand wieder zurückholen, ist doch klar."
„Du bist echt krass, von dir kann ich echt was lernen", lobte Achmed.
Harkan kreuzte die Arme am Hinterkopf und lehnte sich mit überheblichem Gesichtsausdruck zurück und griente selbstgefällig.
„Es ist alles so verdammt einfach, aber macht auch viel Arbeit", entgegnete er, „überleg mal, ich hab ja noch 'ne andere, die Susi, die ist erst dreizehn, Mann, die kommt aus 'ner Assifamilie, die hab ich am Bahnhof aufgegabelt, die war drogenabhängig. Mit der hab ich drei Wochen Entzug gemacht, Scheiße, ich sags dir, das war krass, ich dachte echt, die nibbelt mir ab, für einen neuen Schuss hätte die zwanzig Kerle über sich steigen lassen."
Harkan seufzte angeschlagen. „Da sind die braven Schulmädchen schon 'ne andere Hausnummer, pass auf mit deiner Neuen, mach keine Fehler, im Zweifelsfall ruf mich an … sorry, aber ich muss jetzt los, muss meine Frau vom Bahnhof abholen.

Die war beim Wellnessen in Kitzbühel, hat sich aufhübschen lassen."
Harkan sah auf seine teure Armbanduhr, erhob sich und umarmte seinen Cousin gestenreich.
„Was ist eigentlich aus Carmen geworden? Die kleine Schwarzhaarige, die früher für dich angeschafft hat? Ist die nicht mit 'nem Freier durchgebrannt? Die hat doch gut für dich gesorgt, oder? Die hat dich doch sogar ihrer Mutter vorgestellt?"
„Ja, hat sie", bestätigte Achmed gedehnt und kratzte sich unbehaglich am Kopf. „Die hab ich verloren, dumm gelaufen, hab ihre Mutter gevögelt und sie hat mich dabei erwischt, die ist auf ihre Mutter los und hat sie fast krankenhausreif geprügelt und seitdem konnte ich bei ihr nicht mehr andocken. Weiß nicht, was sie jetzt macht, ist auch egal, die war eh nicht mehr zu gebrauchen, war ja schon achtzehn."
„Die Mutter vögeln", erwiderte Harkan abfällig, „wie blöd kann man sein?"
„Passiert mir nicht noch mal, diesmal mach ich alles richtig, die Kleine, die ich jetzt an der Angel habe, wird uns viel Kohle bringen.

4. Kapitel

Nach dem Besuch bei Harkan begab sich Achmed in die Innenstadt von Nürnberg, Richtung Hallplatz. Zielstrebig steuerte er eine Brautmodenboutique an. Ein zentral gelegenes Geschäft, das durch die große Schaufensterfront sofort ins Auge fiel.
Er betrat den Laden und blickte sich suchend um, bis er eine korpulente Frau mit platinblond gefärbtem Haar entdeckte, die gerade mit einer Kundin in ein Gespräch vertieft war und einen weißen kleinen Hund auf dem Arm hielt. Achmed stiefelte auf die Frau zu und umarmte sie herzlich.
„Hi, Mama, schön, dich zu sehen", sagte er.
Samiras Augen begannen zu leuchten, als sie ihren Sohn an sich drückte.
„Mein Sohn, mein Goldstück, warte noch einen Moment, ich habe gleich Zeit für dich, setz dich, machs dir bequem, nimm mir mal die Sissi ab."
Samira schnippte mit dem Finger nach einer

Verkäuferin.
„He, Judith, bring meinem Sohn ein Glas Champagner!“
Achmed setzte sich mit dem Hund auf dem Arm auf einen der prunkvoll kitschigen Sessel, streckte seine Beine aus, taxierte die junge Angestellte mit huldvoller Miene und ließ sich von ihr bedienen.
Samira, seine Mutter, war Ende fünfzig und erfreute sich bester Gesundheit. Sie hatte sich nicht den Arm gebrochen. Achmed hatte sich das ausgedacht, damit er bei Sophie als treu sorgend und hilfsbereit erscheint. Er wusste aus Erfahrung, dass er mit dieser Taktik Bonuspunkte sammelt. Junge Mädchen sehnten sich nach Geborgenheit und Halt. Ein junger Mann, der sich um seine kranke Mutter kümmert, erfüllte die Sehnsüchte dieser Mädchen. So einer war schließlich verantwortungsbewusst und zeichnete sich mit dieser Einstellung, gerade in der heutigen schnelllebigen Zeit, als besonders vertrauenserweckend aus.
Achmed ließ seinen Blick durch den hell erleuchteten Laden schweifen, der mit riesigen Kronleuchtern ausgestattet war. Gedanklich rechnete er hoch, wie viel Geld in dem Geschäft wohl steckte. Sein Vater hatte Samira diesen Laden geschenkt – ursprünglich, damit sie sich nicht langweilte, aber Samira war

geschäftstüchtig, verkaufte nicht nur ihre teuren Kleider, sondern bot auch gleichzeitig die aufwendige Hochzeitsplanung ihren Kundinnen an. Ihr Mann, Mohammed, hatte das alte Gründerzeitgebäude vor zwanzig Jahren erworben und aufwendig sanieren lassen. Achmeds Eltern wohnten direkt über dem Geschäft in einer großzügigen Wohnung. Der Rest des Hauses war an zwei Rechtsanwälte vermietet, deren Dienste sein Vater sehr oft in Anspruch nehmen musste. Samiras Geschäft florierte auch ohne Werbung. Das war vor allem dem großen arabischstämmigen Verwandten- und Freundeskreis zu verdanken, über den sie verfügte. Eine Heirat war ein spektakuläres Familienereignis, für das man keine Kosten und Mühen scheute. Die jungen Bräute galten meist als selbstbewusst, zumindest, was ihre Ansprüche anging. Als Gegenleistung für ihre Unschuld erwarteten sie eine prunkvolle Hochzeit. Ein Märchen aus Tausendundeiner Nacht, wo die Braut als Prinzessin gefeiert wurde und wenigstens einmal in ihrem Leben im Mittelpunkt stand, wohl wissend, dass nach dem verschwenderischen Ereignis ihre Aufgabe ausschließlich darin bestand, sich der Nachkommenschaft zu widmen, um dann als mehrfache Mutter soziale Leistungen zu

erschleichen.
„Achmed, mein Goldstern, erzähl, wie geht es dir, du hast dich lange nicht mehr bei uns sehen lassen, dein Vater macht sich Sorgen. Brauchst du Geld?“
Achmed ignorierte Samiras Frage, stattdessen küsste er seine Mutter liebevoll auf die Wange.
„Ich wollte dich fragen, ob ich mir die Sissi für ein oder zwei Tage ausleihen darf.“
„Warum?“, fragte Samira verwundert.
Achmed lächelte schräg.
„Ich hab da jemanden kennengelernt, ein nettes Mädchen, und die hat einen Hund, genau der gleiche wie Sissi, und jetzt wollte ich sie bei unserem nächsten Treffen überraschen.“
„Wer ist das Mädchen, kenne ich sie, ist sie hübsch?“, sprudelte Samira aufgekratzt los. „Doch hoffentlich eine von uns?“, schob sie noch misstrauisch nach.
„Bitte frag mir keine Löcher in den Bauch, ich stell sie dir schon irgendwann vor, wenn ich mir sicher bin.“
„Ach, mein Goldstück, du weißt, du bist nicht mehr der Jüngste, du musst bald heiraten und Kinder bekommen, ich sehne mich nach Enkelkindern, das weißt du.“ Samira wuschelte ihrem Sohn durchs Haar.
„Du bist so ein toller Kerl, die Mädchen müssen

sich doch um dich reißen. Deine beiden Cousinen zum Beispiel sind jetzt im heiratsfähigen Alter."
„Was ist nun? Kann ich sie haben?", erwiderte Achmed etwas genervt.
„Natürlich, aber pass gut auf sie auf und vergiss sie nicht zu füttern. Übrigens, deine Idee ist wunderbar … du wirst sehen, mein Goldstern, das Mädchen wird dir zu Füßen liegen. Ich bin so stolz auf dich."
„Sag Papa einen schönen Gruß von mir, ich komme euch demnächst besuchen", versuchte sich Achmed zu verabschieden.
„Wie laufen denn deine Geschäfte, die Bar, meine ich", erkundigte sich Samira.
„Geht so, könnte besser sein", erwiderte Achmed.
„Warte, mein Goldstück, ich muss noch die Leine für die Kleine holen."
Zwei Minuten später kam Samira zurück, drückte Achmed nicht nur die Hundeleine aus Strasssteinen und die Designerhundetasche in die Hand, sondern steckte ihm noch zwei Geldscheine in die Hosentasche.
„Viel Spaß, mein Goldstern." Samira küsste ihren einzigen Sohn nochmals auf die Wange und blickte ihm mit entrücktem Lächeln nach.
„Ist er nicht ein schöner Mann", wandte sie sich an ihre Angestellte, die neben ihr stand. Die Verkäuferin nickte.

„Aber mach dir bloß keine Hoffnungen“, fuhr Samira ihr in die Parade, als ihr der schwärmerische Gesichtsausdruck der jungen Frau auffiel. „Der ist nichts für dich, du hast ja schon ein Kind, meinem Goldstern steht eine Jungfrau zu.“ Sie klatschte zweimal in die Hände. „Hopp, hopp, an die Arbeit, ich bezahle dich nicht fürs Rumstehen!“

Kaum war Achmed um die nächste Ecke gebogen, fingerte er das Geld aus seiner Hosentasche. Seine Mutter hatte ihn zwei Fünfhundert-Euro-Scheine zugesteckt. Wie gewohnt. Achmed grinste zufrieden und begab sich mit dem kleinen Hund an der Leine zu Fuß auf den Heimweg. Zehn Minuten später schloss er die Haustür eines Mehrfamilienhauses auf. Das Gebäude wirkte gepflegt, lag nicht weit entfernt vom Stadtpark, entsprechend hoch war die Miete. Für Achmed kein Problem, er zahlte keine Miete, da dieses Haus ebenfalls seinem Familienclan gehörte.

Liebe Sophie,
ich würde dich gern sehen, hast du heute Zeit? Treffen wir uns im Stadtpark, an der Brücke am Teich, 18 Uhr???
Achmed

Es war kurz nach 16 Uhr, als er die Nachricht an Sophie abschickte. Achmed war nicht erstaunt, dass Sophie umgehend antwortete. Sie bestätigte den Termin und schrieb auch gleich ihre Handynummer dazu.

Während Achmed beschloss, die restliche Zeit beim Zocken vor dem Computer zu verbringen, brütete Sophie über ihren Hausaufgaben. Ihre Konzentration ließ sehr zu wünschen übrig. Die Frage, was sie anziehen und wie sie ihre Haare frisieren sollte, durchkreuzte ihre Gedanken. Resigniert schlug sie das Biologiebuch zu und rief ihre Freundin Bianka an. Sophie hatte Redebedarf, sie musste sich jetzt einfach jemandem anvertrauen und vielleicht konnte Bianka ihr auch noch einen guten Ratschlag geben.
Sophie stopfte ihre Sachen, die sie bereits an ihrem gescheiterten Date getragen hatte, in eine Plastiktüte und begab sich auf den Weg zu ihrer Freundin. Sicherheitshalber hinterließ sie noch einen Zettel, auf dem sie ihrer Mutter mitteilte, dass sie bei Bianka sei und dass sie erst am späten Abend wieder zurückkäme.

„Du siehst ja total erhitzt aus“, empfing sie ihre Freundin eine Viertelstunde später. Tatsächlich

war Sophie etwas außer Atem. „Ist der Teufel hinter dir her?“, amüsierte sich Bianka.
„Nein, nicht der Teufel ... es ist ...“
„Jetzt komm rein und erzähl, soll ich uns einen Kaffee machen?“
Mit dem heißen Getränk in der Hand hatten es sich die beiden Mädchen in Biankas Zimmer auf dem Bett bequem gemacht. Im Schneidersitz saßen sie sich nun gegenüber. Während Sophie vorsichtig an ihrer Tasse nippte, starrte sie Bianka ungeduldig an.
„Jetzt erzähl schon, was ist los, du bist ja völlig durch den Wind“, quengelte Bianka.
„Ich treff mich heute mit ihm“, antwortete sie ohne Umschweife, während sie ihr Smartphone zur Hand nahm und Achmeds Foto ihrer Freundin zeigte.
„Krass, der sieht ja geil aus, du heilige Scheiße, das ...“ Bianka schluckte und betrachtete das Foto ganz genau.
„Was?“, hakte Sophie verstört nach.
„Wie heißt der denn“, wollte Bianka wissen, während sie, skeptisch geworden, die Augenbrauen nach oben zog.
„Achmed, er heißt Achmed und ich habe ihn über Facebook kennengelernt. Er hat mich angeschrieben, hat aber gedacht, dass ich älter sei. Als ich ihm geschrieben habe, wie alt ich bin,

wollte er den Kontakt abbrechen, ich konnte ihn aber umstimmen“, sprudelte Sophie mit erregter Stimme los. „Warum guckst du so komisch?“
„Der sieht echt heiß aus, keine Frage, aber der Typ ist …“
„Was denn, so sag schon!“ Sophie klebte angespannt an Biankas Lippen.
„Mit Verlaub, der ist ja ein Kanake, der Name sagt ja schon alles.“
„Nein, ist er nicht, er ist hier geboren und er ist sehr höflich, du bist einfach nur rassistisch. Gib her!“
Sophie riss ihrer Freundin unwirsch das Handy aus der Hand.
„Ich dachte, du kannst mir einen Rat geben, bevor ich mich mit ihm treffe.“
„Ich würde dir eher abraten“, gab sich Bianka unbeeindruckt.
„Ausgerechnet du? Du lässt doch sonst nichts anbrennen? Laut deinen früheren Aussagen ist Achmed doch genau dein Typ? Wieso reagierst du so abweisend? Bist du eifersüchtig, gönnst du ihn mir nicht?“
„Jetzt mach mal ’nen Punkt, ja“, reagierte Bianka beleidigt.
Sie ging zum Fenster, öffnete es und steckte sich eine Zigarette an.
„Irgendwas ist faul an der Sache“, begann sie

abwesend zu spekulieren. „Warum gerade du? Ich mein, nimms mir nicht übel, aber du bist jetzt optisch gesehen nicht unbedingt der Brüller. Solche Typen schmücken sich gern mit blonden Tussis. Kennst du die Caro aus der Zwölften?“
Sophie nickte vage. „Meinst du die mit der Haarverlängerung, die Eingebildete mit den unechten Brüsten?“
„Ja, genau die. Die ist auch mit so einer Hausnummer zusammen, der holt sie manchmal mit seinem Angeberschlitten von der Schule ab und man munkelt, dass die für den Kerl anschaffen geht ... aber wie gesagt, das ist ein Gerücht.“
„Halbwahrheiten“, fiel ihr Sophie ins Wort.
„Genau, du sagst es, die Hälfte ist immer wahr“, hielt Bianka dagegen.
„Willst du mir unterstellen, dass ich auf einen Zuhälter reingefallen bin?“
„Ich will dir gar nichts unterstellen. Du solltest nur auf dich aufpassen. Um mich würde ich mir keine Sorgen machen, aber du, du bist doch völlig naiv, oder hast du schon mal einem Typen einen geblasen, hattest du überhaupt schon mal Sex?“
Bianka winkte ab. „Lass mal, darauf brauchst du nicht zu antworten. Aber im Ernst, du weißt doch gar nicht, wie die Typen so eines Kalibers ticken.“
Bianka hatte es tatsächlich geschafft, Sophies

Euphorie zu drosseln. Sie wirkte plötzlich bedrückt, geradezu desillusioniert.
„Ich muss mich auf den Weg machen“, unterbrach sie die entstandene Stille.
„Sooo??“ Bianka ließ ihre Augen pikiert über Sophies Outfit streifen.

Fünf Minuten später war Sophie umgezogen.
„Besser?“, erkundigte sich Sophie verunsichert.
Bianka nickte zufrieden. „Passt.“
„Ich geh dann“, verabschiedete sich Sophie von ihrer Freundin.
„Viel Spaß“, erwiderte Bianka aufmunternd.
„Den hast du mir jetzt irgendwie mächtig verdorben“, sagte Sophie und rang sich ein gequältes Lächeln ab.

Auf dem Weg zum Park stieg ihre Aufregung. Ihr Herz klopfte ihr bis zum Hals. „Wenn Bianka recht haben sollte, werde ich das sofort checken“, redete sie sich gut zu und atmete tief durch.
Ihre Skepsis und die Warnung ihrer Freundin verpufften jedoch endgültig, als Sophie Achmed bereits von Weitem sah. Er hatte sie noch nicht erblickt, also versteckte sie sich rasch hinter einem Busch und beobachtete Achmed, wie er auf der Wiese mit einem kleinen weißen Hund spielte. Sophie fiel es schwer, sich von dem Anblick zu

lösen. Fasziniert beobachtete sie Achmed, wie er unbefangen mit dem kleinen Hund herumtobte. Wie liebevoll er ihn immer wieder in den Arm nahm. So jemand war kein böser Mensch. „Bianka war bestimmt nur neidisch“, schlussfolgerte Sophie.
Als sie bemerkte, wie sich Achmed suchend umblickte, wagte sie sich aus der Deckung und ging beschwingten Schrittes auf ihn zu. Sie lächelte schüchtern, als er sie ansprach, sich vorstellte, ihr die Hand reichte und sie ganz sanft an sich drückte. Achmed roch so gut. Nach Zitrone und Zimt. Sophie benötigte einige Wimpernschläge, bevor sie sich sammeln konnte. „Danke, dass du es diesmal geschafft hast“, sagte sie, während sie sich dankbar dem Hund zuwandte, der sie neugierig mit seiner Schnauze anstupste und mit dem Schwanz wedelte. Sie war verlegen, ihre Hand zitterte leicht, als sie den kleinen Hund streichelte.
Als Achmed sagte, dass sie hübscher sei als auf dem Foto, schoss ihr die Röte ins Gesicht. Auch sie war mehr als angenehm überrascht. Achmed sah ihrer Meinung nach auch viel besser aus. Er wirkte jünger, auf angenehme Art zurückhaltend und seriös. Er trug eine bequeme Jeans, darüber einen legeren sportlichen Pullover und rote Turnschuhe, an seinem Unterarm blitzte eine

teure Uhr. Aber es war keine goldene Protzuhr, wie Sophie erleichtert feststellte, auch trug er keine dicken Goldketten um den Hals oder am Handgelenk.
„Was ist das für eine Rasse?“, lenkte Sophie ab.
„Eine Malteser-Hündin, sie heißt Sissi. Sie mag dich, und das will was heißen, die ist sehr wählerisch, glaub mir.“
Sophie erhob sich und riskierte einen längeren Blick in Achmeds Augen.
Er hielt dem Blick stand und lächelte sie unbefangen an, anschließend streichelte er Sophie sanft über ihre Wange. „Magst du mit mir ein Stück spazieren gehen?“, fragte er aufmunternd. „Du darfst auch die Sissi führen, wenn du magst.“
Das ließ sich Sophie nicht zweimal sagen. Für sie war das eine willkommene Ablenkung, ihre Aufregung in den Griff zu bekommen.

Es dämmerte bereits. Die Sonne zauberte ein rotgelbes Licht am Horizont, als Sophie und Achmed auf einer Bank saßen. Er hatte fürsorglich seinen Arm um ihre Schulter gelegt, während der Hund erschöpft vom Spielen im Gras lag. Die zwei Stunden waren wie im Flug vergangen. Achmed hatte sein Bestes gegeben, sich bei Sophie von seiner besten Seite zu zeigen. Er erzählte von

seiner intakten Familie, seinen Hobbys und von seinen Sehnsüchten. Romantische Fiktionen, mit denen sich Sophie allzu gern identifizieren konnte. *Eine nette Frau fürs Leben finden, eine Schar Kinder bekommen und ein schönes Haus bauen.* Das waren Worte, die Sophie tief berührten, sie in dem Glauben bestärkten, dass Achmed kein halbseidener Typ war, sondern ein geerdeter junger Mann, der genau wie sie von der großen Liebe träumte. So plapperte sie unbeschwert drauflos. Dabei fiel ihr auf, dass Achmed der erste Mensch war, dem sie sich wirklich anvertraute. Sie erzählte nicht nur von den Differenzen mit ihrer Mutter, erzählte ihm sogar, dass sie ihre Mutter mit einem fremden Mann im Bett erwischt hatte, dass ihr Vater eine Geliebte hatte, und sie plauderte über ihre Freundin Bianka, die es schon mit einigen Männern getrieben hatte, aber sie erzählte ihm auch, dass sie einer Theatergruppe in ihrer Schule angehörte, dass sie eine begnadete Bogenschützin war, das Hobby allerdings in letzter Zeit auf Eis gelegt hatte, sich viel lieber in ihr Zimmer verkroch, Bücher las und von einer Karriere als freiberufliche Autorin träumte.
„Romantische Liebesgeschichten zu Papier bringen, in denen die Welt noch in Ordnung ist, das wäre ein Traum von mir“, flüsterte sie verklärt

vor sich hin.
Achmed hörte ihr aufmerksam zu und bestärkte sie darin, an ihrem Wunsch festzuhalten.
„Für mich wäre es toll, eine Frau zu haben, die weiß, was sie will, emanzipiert ist und ihr eigenes Geld verdient, ohne dass sie die Familie vernachlässigt“, kommentierte er begeistert, während er sehnsuchtsvoll lächelnd den Himmel betrachtete. „Mit einer Frau, die sich den ganzen Tag nur um ihr Aussehen kümmert und nichts anderes im Kopf hat als Mode und von sich anzügliche Selfies zu schießen, um sie dann auf *Instagram* hochzuladen, könnte ich nichts anfangen. Die sind doch alle krank.“
„Alles wird so, wie du es dir wünschst“, fuhr er gedankenverloren fort, „vielleicht kann ich ein bisschen an deinem Leben teilhaben, dir helfen, dich unterstützen? Moralisch, versteht sich.“
Er drückte sie noch fester an sich heran, blickte ihr tief in die Augen und küsste sie zärtlich auf ihren rot geschminkten Mund. Ein Hauch von einer Berührung, die Sophie beinahe die Sinne raubte. Sie hatte die Augen noch geschlossen, als sie etwas Raues auf ihren Lippen spürte. Achmed wischte ihr die rote Farbe mit einem Taschentuch von den Lippen und er ging dabei nicht zimperlich vor.
„Das brauchst du nicht“, sagte er im dominanten

Tonfall. „Ich mag keine Mädchen, die sich zur Schau stellen. Du bist doch keine von den abgebrühten Mädchen, die Männern den Kopf verdrehen, du bist doch noch unbefleckt, nicht wahr?"
Achmed hielt sie am Arm fest, so als wolle er sich vergewissern. Seine Augen wirkten plötzlich nicht mehr gütig, sondern auf unangenehme Weise stechend.
„Ja, eh, nein", reagierte Sophie irritiert.
„Na was denn nun? Bist du noch Jungfrau, oder nicht?"
„Ja, das bin ich", erwiderte sie stolz.
„Und du wirst es auch bleiben, bis der Richtige für dich kommt?", spann er den Faden weiter, während er mit seinem Finger leicht über ihre halb geöffneten Lippen strich.
„Jetzt bist du viel hübscher", sagte er lieblich.
Danach lenkte er ihre Aufmerksamkeit wieder zum Firmament.
„Ich würde dir gern die Sterne vom Himmel holen", raunte er entrückt.
„Einer würde ja schon reichen", erwiderte Sophie berührt.
„Es ist schon spät", unterbrach er plötzlich, „du musst sicher nach Hause, du hast doch deiner Mutter versprochen, dass du pünktlich bist, ich möchte nicht, dass du Ärger bekommst."

Er reichte ihr die Hand und Sophie folgte seiner Geste.
„Ich bring dich zur Bushaltestelle“, beschloss er.
„Brauchst du nicht, ich find schon allein dorthin“, widersprach Sophie.
„Ich möchte nicht, dass du mir widersprichst, ab heute bist du meine kleine Prinzessin, ab heute stehst du unter meinem Schutz“, konterte er ernst.
Sophie war sich in diesem Augenblick nicht bewusst, welch tiefere Bedeutung Achmeds scheinbar gut gemeinte Aktion in sich barg. Sie ahnte nicht, dass er mit dieser Bemerkung den Grundstein für einen infamen Plan legte, dass sie auf den Abgrund zusteuerte, sich ihr behütetes Leben wie eine Tablette im Wasser aufzulösen begann.
„Pass gut auf dich auf, meine Kleine“, verabschiedete er sich von Sophie an der Bushaltestelle, „ich hätte dich gern noch vor deine Haustür begleitet, aber das wäre wohl nicht klug.“
Sophie nickte und ließ es sich nicht nehmen, Achmed noch einmal auf den Mund zu küssen.
„Sehen wir uns bald wieder?“, fragte sie etwas unschlüssig und sah ihm sehnsuchtsvoll in seine Augen.
„Morgen geht nicht, aber übermorgen vielleicht“, schränkte er ein.

Am nächsten Tag hatte die Klasse zwei Ausfallstunden, weil ein Lehrer überraschend krank geworden war. Sophie und Bianka überlegten, wie sie die Zeit möglichst sinnvoll überbrücken könnten.
„Gehen wir in die Stadt zum Shoppen oder nur so zum Gucken“, schlug Bianka vor.
„Gute Idee, ich brauch dringend ein Paar neue Sportschuhe.“

„Hier willst du rein?“, erkundigte sich Sophie zweifelnd. Bianka steuerte zielstrebig auf ein Sportgeschäft zu, das für seine hohen Preise bekannt war.
„Nur mal gucken“, beschwichtigte Bianka.
„Schau mal, sind die nicht mega?“ Bianka hielt ein Paar orangefarbene Sportschuhe einer Nobelmarke in der Hand. „Guck mal auf den Preis“, gab Sophie abweisend zurück.
Mit dieser Bemerkung wandte sie sich ab und schlenderte auf ein Regal zu, in dem heruntergesetzte Schuhe angeboten wurden. Sie war dermaßen vertieft, sich die Auslage zu betrachten, dass sie förmlich zusammenzuckte, als ihr jemand auf die Schulter klopfte und ihren Namen sagte. „Sophie, meine Prinzessin, was machst du denn hier?“ Achmed wirkte sichtlich überrascht. Sophie blieb die Spucke weg, da sie

bemerkte, dass ihre Freundin bereits auf sie aufmerksam geworden war.
„Oh Gott, Achmed … ich … ich“, stammelte sie konfus, während sie aus den Augenwinkeln bereits mitbekam, wie Bianka mit einem anprobierten Schuh am Bein auf sie zu-gehumpelt kam. Ihre Freundin war neugierig und wollte sich nichts entgehen lassen.
„Hi“, mischte sie sich frech in die Unterhaltung ein.
Achmed drehte sich um und lächelte sie gewinnend an.
„Das ist meine Freundin Bianka, wir haben zwei Ausfallstunden“, wand sich Sophie unbehaglich.
„Hi, Bianka, nett, dich kennenzulernen, habe schon viel von dir gehört“, gab sich Achmed schlagfertig.
„Doch hoffentlich nur Gutes“, entgegnete Bianka aufgeweckt, während sie Achmed unverhohlen musterte. Viel zu aufdringlich, wie Sophie empfand.
„Ihr braucht neue Schuhe?“, gab sich Achmed interessiert. „Ich auch, da könnt ihr mich beraten, einverstanden?“
Achmed probierte einige Modelle an, während ihm die beiden Mädchen dabei zusahen.
„Die sind geil“, befand Bianka, „aber sauteuer.“
„Die anderen gefallen mir besser“, mischte sich Sophie ein.

„Mir gefallen beide“, entschied Achmed und grinste beide Mädchen verschmitzt an. Kurzerhand ließ er sich die beiden Kartons vom Verkäufer heraussuchen und zur Kasse bringen.
„Und was ist mit euch?“, erkundigte er sich.
Sophie zögerte. „Ich hab zwar welche gefunden, die mir gefallen, aber die sind mir zu teuer.“
„Wieso? Die sind doch runtergesetzt, was hast du für eine Größe, Prinzessin?“
Sophie nannte ihre Größe und ehe sie protestieren konnte, gab Achmed dem Verkäufer zu verstehen, dass er die Schuhe zur Kasse bringen soll.
„Und du, was ist mit dir?“, wandte er sich Bianka zu, die alles mit offenem Mund mitverfolgt hatte.
„Mir gefallen die orangen, aber die überschreiten mein Budget.“ Im Gegensatz zu Sophie, die keinerlei Hintergedanken hegte, blickte Bianka Achmed herausfordernd an. Sophie fand, dass ihre Freundin den Bogen überspannte, aber wagte es nicht, sie in die Schranken zu weisen.
Knapp 600 Euro bezahlte Achmed an der Kasse. Er zahlte bar und übergab mit feierlicher Geste den beiden Mädchen die geschenkten Schuhe.
„Viel Spaß damit“, sagte er, „es war mir ehrlich ein Vergnügen, euch eine Freude zu machen.“
Er wandte sich Sophie zu, die immer noch ziemlich perplex wirkte.

„Bis bald, meine Prinzessin, ich hab heut noch viel zu tun, wir sehen uns bald“, hauchte er ihr ins Ohr und gab ihr ein Küsschen auf die Wange.
„Und dir, liebe Bianka, wünsche ich auch noch einen schönen Tag. Nett, dass ich dich kennenlernen durfte.“ Bianka bedankte sich überschwänglich und schenkte Achmed nicht nur ein strahlendes Lächeln, sondern auch ein Küsschen auf die Wange.

„Mann, was hast du dir da für einen Hammertypen aufgegabelt“, bekam sich Bianka nicht mehr ein, „der sieht nicht nur wahnsinnig gut aus, der hat auch Manieren, ein richtiger Charmeur, so was gibts heute doch gar nicht mehr, und so großzügig, der hat mir grad Schuhe für 150 Flocken spendiert, einfach so, ich fass es nicht. Und der redet auch ganz normal, kann richtige Sätze mit Subjekt, Prädikat und Objekt bilden und was der für eine schöne Stimme hat, so tief und samtweich“, schwärmte Bianka.
„Jetzt krieg dich wieder ein“, versuchte Sophie zu beruhigen.
„Hat der noch einen Bruder?“, erkundigte sich Bianka allen Ernstes.
„Nein, hat er nicht“, erwiderte Sophie amüsiert.
„Woher hat der so viel Kohle?“
„Ich weiß nicht genau, er arbeitet bei seinem

Vater, der hat ein Unternehmen … irgendwas mit Export-Import."
„Vermutlich Waffenschmuggel", machte sich Bianka lustig und knuffte ihre Freundin in die Seite.
Sophie hakte sich bei ihrer Freundin unter.
„Komm, es ist schon spät, der Unterricht fängt bald an, und erzähl niemandem was, hast du mich verstanden?"
„Bin ja nicht blöd", entgegnete Bianka abgeklärt, „Aber mal ehrlich, da hast du ja voll ins Schwarze getroffen, so einen hätte ich auch gern. Hast du mit ihm schon gevögelt?"
„Nein, hab ich nicht, ich muss ihn doch erst besser kennenlernen, jetzt nerv nicht. Mach dir lieber Gedanken, was du deiner Mutter sagst, wenn die die teuren Schuhe sieht."
„Die hat doch keine Ahnung, wenn ich der verklickere, dass ich die beim Lidl gekauft habe, glaubt die mir das."
Bianka stoppte plötzlich und sah ihre Freundin mit theatralischer Miene und erhobenem Zeigefinger an.
„Ich sag dir mal was, meine Liebe, so einen wie den darfst du nicht zu lange zappeln lassen, auf so ein Prachtexemplar sind auch andere scharf, dem musst du was bieten, den musst du für dich gewinnen, ehrlich gesagt, verstehe ich immer

noch nicht ganz, wieso der gerade auf dich steht, der kann doch jede haben."
„Will er aber nicht. Ich glaube, dem imponiert, dass ich noch Jungfrau bin."
„Du bist echt noch Jungfrau?" Bianka sah ihre Freundin mit einer Mischung aus Entsetzen und Bewunderung an.
„Ja, aber vermutlich nicht mehr lange", schränkte Sophie augenzwinkernd ein.
„Irgendwie beneide ich dich, ich hab meine Unschuld schon mit 13 verloren, der Typ war 16, die volle Steinzeitbegattung, ich sags dir. Wenn ich die Zeit zurückdrehen könnte, würde ich mich für den Richtigen aufheben, für einen, der Erfahrung hat, der weiß, wie man ein Mädchen zum Orgasmus bringt." Bianka seufzte sehnsuchtsvoll. „Dumm gelaufen, man weiß eigentlich erst hinterher, was so eine Unschuld wert ist. Ach, übrigens,
das mit dem Kanaken nehme ich natürlich zurück." Sie drückte Sophie an sich. „Dein erstes Mal wird wunderschön romantisch werden. Der Achmed hat Erfahrung, der wird dich in die Welt der Wollust entführen wie Alice ins Wunderland. Ich kann dir gar nicht sagen, wie ich dich beneide, ich würde gern mit dir tauschen.

5. Kapitel

Zwei Wochen gelang es Achmed, Sophie hinzuhalten. In dieser Zeit verbrachten sie ihre gemeinsamen Treffen mit Spaziergängen im Park. Die kleine Hündin Sissi war stets dabei und war Sophie ans Herz gewachsen. Achmed lud sie zum Eis essen oder ins Kino ein, er unternahm keinerlei Anstalten, sich Sophie sexuell zu nähern, obwohl Sophie mehr als einmal signalisierte, dass sie nicht abgeneigt ist. Er hielt Händchen, küsste sie zärtlich, aber wurde nie zudringlich. Das änderte sich ein paar Tage später, als er sie anrief und zu sich nach Hause einlud.
„Endlich!" Sophie stieß einen Jubelschrei aus und begann in ihrem Zimmer einen Freudentanz aufzuführen. Sie war so glücklich und fieberte dem Date entgegen.

„Hereinspaziert, meine kleine Prinzessin", empfing Achmed sie in seiner großzügigen Wohnung, die

modern und teuer eingerichtet war. Im Wohnzimmer standen eine riesige helle Ledercouch, ein orientalischer Holztisch mit eingearbeiteten Intarsien, auf dem Boden lag ein hellblauer Seidenteppich, ein riesiger Bildschirm war an der Wand angebracht, an den großen Fenstern hingen bodenlange, geschmackvolle Vorhänge, die Designerstehlampen zauberten geometrische Schatten an die Wand und verliehen dem Wohnzimmer eine schummrige Atmosphäre. Direkt neben dem imposanten Esstisch stand ein großes beleuchtetes Aquarium, in dem bunte Salzwasserfische schwammen. Sophie war stark beeindruckt, als Achmed sie zum Esstisch führte. Der war festlich gedeckt mit Kristallgläsern, erlesenem Geschirr und Stoffservietten.
„Darf ich bitten?“ Achmed führte Sophie an den Tisch, rückte ihr sogar den Stuhl zurecht und reichte ihr ein Glas mit Rotwein.
„Oder magst du was anderes trinken?“, fragte er eher beiläufig.
„Nein“, erwiderte Sophie eingeschüchtert. Er hätte ihr ein Glas Motoröl reichen können, Sophie hätte in diesem Augenblick alles getrunken.
„Du kannst kochen?“, versuchte sie ihre Verlegenheit zu kaschieren.
„Ja“, log er, „ich bin der Meinung, dass es einem Mann nicht schaden kann, sich seine Malzeiten

selbst zuzubereiten, schon allein, damit er später seine Ehefrau entlasten kann.“ Er lächelte zuckersüß und küsste Sophie auf den Mund. „Du siehst übrigens heute bezaubernd aus, ich mag es, wenn du in meinem Beisein deine langen Haare offen trägst, dein Kleid gefällt mir auch, betont deine kräftigen Beine. Ich nehme an, so aufreizend gehst du nicht zur Schule?“
„Nein, natürlich nicht, da trage ich immer nur Jeans und weite Pullis, ich mag nicht auffallen, unangenehm schon gar nicht.“ Sophie senkte ihren Blick, spürte Achmeds Augen auf ihrem figurbetonten Kleid ruhen.
„Dann hast du dich nur für mich heute so herausgeputzt, das freut mich, so soll es sein. Für mich ist das eine große Ehre. Damit zeigst du mir, dass ich dir etwas bedeute.“
Er stand nun direkt hinter ihr und begann sanft ihre Schulter zu massieren, während er von oben herab in ihren Ausschnitt gaffte, aber das bemerkte Sophie nicht. Sie hatte ihre Augen geschlossen und genoss seine wohltuenden Brührungen.
„Du bist völlig verspannt, ich glaube, ich sollte dich dann mit einer richtigen Ölmassage beglücken, danach fühlst du dich wie neu geboren. Dafür musst du dich allerdings nackt ausziehen.“
Sophie stockte der Atem, am liebsten hätte sie auf

das Essen verzichtet und hätte ihn sofort beim Wort genommen. Obwohl das Lammfleisch weich wie Butter war, würgte Sophie den Braten mit Mühe und Not hinunter. Sie hatte keinen Appetit, nicht jetzt, nicht in dieser aufgeheizten Stimmung. Sie konnte kaum ruhig sitzen, spürte ihr nass geschwitztes Höschen und hoffte, dass sie beim Aufstehen keinen feuchten Fleck auf der Sitzfläche des Stuhles hinterließ.
„Magst du noch was trinken?“, erkundigte sich Achmed, der ihre Aufregung auskostete, mit Genugtuung registrierte, dass sich auf ihrem Hals vor Aufregung rote Flecken gebildet hatten und ihre Augen einen wässrigen Glanz angenommen hatten.
„Die tropft bereits wie ein Kieslaster“, dachte er, während er sich ein Schmunzeln verkniff, sein Glas abstellte, sich über den Tisch beugte und sanft mit der Hand über ihren Busen streichelte.
„Du hast wunderschöne Brüste“, raunte er.
„Ich weiß nicht, die sind etwas zu groß, ich meine …“
„Du findest sie zu groß? Jede Frau würde dich darum beneiden. Du solltest stolz darauf sein, meine kleine Prinzessin.“
Er zog seine Hand zurück.
„Es ist dir unangenehm“, stellte er fest.
„Nein“, fiel Sophie ihm förmlich ins Wort, sie wich

Es ist keine Kunst, eine Göttin zur Hexe, eine Jungfrau zur Hure zu machen; aber zur umgekehrten Operation, Würde zu geben dem Verschmähten, wünschenswert zu machen das Verworfene, dazu gehört entweder Kunst oder Charakter.
(*Johann Wolfgang von Goethe*)

.

seinem intensiven Blick aus, starrte auf seinen hautengen Pullover, unter dem sich seine muskulösen Oberarme abzeichneten.
„Massierst du mich jetzt?“, fragte sie plötzlich.
Achmed zog erstaunt die linke Augenbraue nach oben. Mit einer derartigen Aufforderung hatte er nicht gerechnet.
Ohne darauf zu antworten, stand er auf, reichte Sophie die Hand und dirigierte sie ins Schlafzimmer, in dem ein barockes Bett im Rokokostil mit hochwertigen Holzschnitzereien und echten Messingbeschlägen thronte. Auch wenn dieses Bett nicht aus der Zeit war, so entsprach es dem Wert eines Kleinwagens. Der Raum war erleuchtet von Kerzenlicht, es duftete nach Orangen, alles deutete darauf hin, dass Achmed Sophie eine unvergessliche Liebesnacht bieten wollte.
„Zieh dich aus“, flüsterte er fordernd, während er sich aufs Bett fläzte, sich ein mit dunkelblauer Seide bezogenes Kissen unter den Kopf stopfte, sich über die Lippen leckte und sie lüstern betrachtete. „Mach mich heiß“, fügte er noch hinzu. „Tanz ein bisschen dabei, meine Prinzessin, du spielst doch in einer Theatergruppe mit.“
„Ich kann nicht tanzen“, widersprach Sophie nervös, während sie begann, sich das Kleid von

den Schultern zu streifen. Als sie nur noch in Unterwäsche bekleidet dastand, zögerte sie.
„Alles, na, mach schon, ich möchte deine schönen Tit …, äh, Brüste sehen“, animierte er sie.
Sophie öffnete ihren Büstenhalter und entblößte ihre Brüste, instinktiv verschränkte sie die Arme davor.
„Weiter, ich warte.“ Achmed wirkte hörbar ungeduldig. Er hatte sich ebenfalls ausgezogen, Sophie konnte sein bereits erigiertes Glied durch seine Unterhose erkennen.
„Schau her“, sagte er, während er sich selbst berührte, „ich bin voll scharf auf dich. Komm zu mir.“
Sophie folgte seiner auffordernden Handbewegung und legte sich aufs Bett. Sie zog ihren Bauch ein, wirkte völlig verkrampft. Sie wusste nicht, was sie tun sollte, als seine warmen Hände ihre Haut berührten. Als er sie küsste, verlor sich ihre Anspannung und sie konnte spüren, wie sich ein wohliges Gefühl in ihrem Körper ausbreitete. Sie atmete schwer, als sie seine Zunge auf ihren Brustwarzen spürte, hielt die Luft an, als sie seine Hand zwischen ihren Beinen spürte, seine Finger, die sie an ihrer empfindlichsten Stelle streichelten.
„Entspann dich, Prinzessin, ich tu dir nicht weh.“
Sie spürte seinen heißen Atem an ihrem Ohr,

seine Lippen auf ihren Brüsten, dann auf ihrem Bauch und dann in ihrem Schoß. Sie starrte apathisch zur Decke, rang um Fassung, aber war nicht mehr in der Lage, dieses berauschende Gefühl, das sich wellenförmig in ihrem ganzen Körper ausbreitete, zu unterdrücken. Ihr ganzer Körper vibrierte, Sophie stöhnte, wurde immer lauter, vergrub ihre Finger in Achmeds Haarschopf und spürte das pulsierende Kitzeln seiner Zunge. Ein orgiastisches Inferno, das sie so noch nie erlebt hatte und ihr für ein paar Sekunden das Gefühl vermittelte, den Verstand zu verlieren.
Als alles vorbei war, lag sie nur noch schwer atmend auf dem Bett. Erschöpft, auf seltsame Art beschwingt und glücklich.
„Bitte … bitte“, stammelte sie außer Atem, „fick mich jetzt.“
Aber anstatt ihrer Aufforderung zu folgen, blickte er sie verständnislos an. Unvermittelt packte er sie mit der Hand am Kinn und zwang sie, ihn anzusehen.
„Was hast du da gesagt?“, wollte er wissen.
„Du sollst mit mir schlafen“, wiederholte sie flehend.
„Nein, du hast ein anderes Wort benutzt, und zwar ein schmutziges, du hast ficken gesagt … so etwas sagen nur Schlampen, abgebrühte, mannstolle Schlampen. Ich will nicht, dass meine

Prinzessin so redet, hast du mich verstanden … hast du mich verstanden!“ Achmeds Augen funkelten vor Wut.
„Entschuldige bitte … ich war so im Rausch … du hast mir so gutgetan, ich … liebe dich so, entschuldige. Ich tu alles, was du sagst.“
„Schon gut“, er lächelte zufrieden, „du hast so gut geschmeckt, so gut, wie nur Jungfrauen schmecken, jetzt blas mir einen.“
Sophie richtete sich auf und nahm sein Glied in den Mund. Sie gab sich Mühe, versuchte es genauso zu machen, wie es ihr Bianka erklärt hatte, sie hatten es heimlich mit einer Banane geübt. Diese Trockenübung sollte sich jetzt bezahlt machen. Tatsächlich schaffte es Sophie in Nullkommanichts, Achmed zu befriedigen. Das Sperma schluckte sie, ohne sich den bitteren Beigeschmack dabei anmerken zu lassen. „Hast du das schön öfter gemacht?“, fragte er misstrauisch.
„Nein, natürlich nicht“, versicherte Sophie irritiert.
„Und woher kannst du das dann so gut?“
„Ich …äh, Bianka, meine Freundin, die hat es mir erklärt.“
Achmed grinste abwertend.
„Ja, die kann das bestimmt sehr gut.“
„Warum sagst du so was?“, gab sich Sophie verwundert.

„Hör zu, hör mir genau zu!“ Er packte sie grob am Oberarm. „Ich möchte nicht, dass du dich weiter mit dieser Schlampe abgibst, die ist kein Umgang für dich! Ich möchte nicht, dass du der alles über uns erzählst, ich möchte, dass du mit überhaupt niemandem zusammen bist, außer mit mir, ich allein bin deine Bezugsperson, mir allein kannst du alles anvertrauen, hast du mich verstanden? Ich möchte nicht, dass jemand zwischen uns steht. Wir sind füreinander bestimmt, du darfst das nicht aufs Spiel setzen.“
„Aber Bianka ist meine allerbeste Freundin und sie ist auch keine Schlampe, warum sagst du so was? Du tust ihr unrecht.“
„So, tu ich das? Dann schau mal her.“ Achmed zückte sein Smartphone. „Ich habe deine ach so liebe Freundin vor einigen Tagen auf der Straße getroffen, ich selbst hätte sie gar nicht bemerkt, aber sie hatte mich entdeckt und ist mir hinterhergelaufen. Aus Höflichkeit habe ich sie zu einem Kaffee eingeladen, weil sie ja deine Freundin ist, danach bin ich davon ausgegangen, dass sich unsere Wege trennen, aber dann wollte sie mit mir unbedingt noch in eine Bar gehen, die hat mich förmlich überfahren, verstehst du, wie gesagt, ich wollte nicht unhöflich sein. In der Bar habe ich ihr dann einen Cocktail spendiert, dann wollte sie noch einen und noch einen, die hat

gesoffen wie ein Loch und dann hat sie mich aufs Damenklo gelockt und jetzt schau mal, was sie da mit mir gemacht hat, sie hat sich an mich herangeschmissen, hat sich sogar hingekniet und wollte es mir mit dem Mund besorgen."
Achmed aktivierte das Video und Sophie starrte fassungslos auf die Bilder. Zweifelsohne erkannte sie Biankas Stimme, die sich bleiern anhörte, ihr Gesicht, das völlig desolat wirkte. Sie hörte Achmeds Worte: *Willst du mit mir ficken?* Biankas Antwort blieb Achmed Sophie schuldig. Er schaltete das Video ab. „Na, reicht das?"
„Du hast doch nicht mit ihr …" Sophie war völlig außer sich, sie konnte nicht glauben, was Achmed ihr da gezeigt hatte, aber es reichte aus, um ihre Freundin in einem anderen Licht zu sehen. Jetzt war Sophie auch klar, warum sich Bianka die letzte Zeit so wortkarg ihr gegenüber verhalten hatte, ihr geradezu aus dem Weg ging, als wäre Sophie eine Aussätzige. Sie hatte ein schlechtes Gewissen, weil sie sich an Achmed herangeschmissen hatte. Warum nur hatte sie das getan? Ihre eigene Freundin betrogen. Die Antwort erschien für Sophie simpel. Sie erinnerte sich daran, wie Bianka von Achmed geschwärmt hatte, wie sie ihn förmlich mit ihren Augen verschlungen hatte, als sie ihn in der Stadt getroffen hatten. Sie erinnerte sich an ihre Worte:

… so einen hätte ich auch gern.
Für Sophie erschien alles logisch und fügte sich wie ein Puzzle zusammen. Auch wenn Sophie das Verhalten ihrer Freundin erst mal verdauen musste, so war sie Achmed dankbar, dass er ihr nicht nur die Augen geöffnet, sondern offensichtlich ehrenhaft genug war, Biankas Annährungsversuche zu widerstehen. Sophie schwor sich, ihre Freundin keines Blickes mehr zu würdigen, sich gleich morgen in eine andere Bankreihe zu setzen.
Dass Achmed Bianka an der Bushaltestelle mit dem Auto abgefangen und ihr angeboten hatte, mit in die Stadt zu fahren, ihr einen Cocktail aufgeschwätzt hatte, in dem sich eine geringe Menge K.-o.-Tropfen befanden, und er sie dann für seine Zwecke missbrauchte, um zwischen die beiden Mädchen einen Keil zu schlagen, das gehörte zu seinen abscheulichen Strategien, die Achmed auch in Zukunft einsetzen würde.
„Jetzt beruhig dich wieder, es tut mir leid, aber ich kann ja nichts dafür, die Welt ist nun mal schlecht, da ist es gut, jemanden zu haben, der zu einem hält. Ich werde dich beschützen."
Achmed nahm Sophie in den Arm, drückte sie an sich und wiegte sie in seinem Arm hin und her.
„Willst du jetzt mit mir richtig schlafen?", flüsterte Sophie.

„Aber nein, meine kleine Prinzessin, dafür bist du viel zu wertvoll, ich werde dich nicht entjungfern, noch nicht, wir haben noch so viel Zeit, du bist doch etwas ganz Besonderes.“
„Aber ich möchte dir etwas Gutes tun, ich möchte, dass du mich liebst … so richtig“, entgegnete Sophie und blickte ihm in die Augen. „Ich habe sonst Angst, dass du dich einer anderen zuwendest.“
„Hab keine Angst, ich liebe dich doch, mein Herz gehört ganz allein dir, du bist eine Heilige, alle anderen Mädchen sind Huren. Weißt du, was ich mir jetzt wünschen würde?“ Achmed gab sich unschlüssig. „Ich weiß aber nicht, ob du das willst oder besser gesagt kannst.“
„Ich tu alles, was du willst, sags mir, bitte“, flehte Sophie und richtete sich auf. „Na sag schon“, drängelte sie tatendurstig.
„Ich möchte dir dabei zugucken, wie du es dir selber machst, vor meinen Augen, das wäre das Geilste für mich, zu sehen, wie du vor meinen Augen kommst.“
„Okay, wenns weiter nichts ist, ich kann aber nicht versprechen, ob ich dann auch wirklich … ich meine.“
„Das wirst du, meine Prinzessin.“ Achmed schob die Schublade seines Nachttischschränkchens auf.

„Hier, nimm das“, sagte er.
Etwas befremdlich betrachtete sich Sophie den schwarzen Dildo und kicherte verlegen.
„Sei nicht kindisch, zeig mir, dass du eine richtige Frau bist“, feuerte er sie an, während er es sich am Fußende des Bettes bequem machte.
Sophie lag ihm nun genau gegenüber, sie schaltete den Vibrator an und begann sich damit zu stimulieren.
„Mach deine Beine breit, ich will alles sehen“, erteilte Achmed Anweisungen, „und schließ die Augen, du siehst so toll aus, wenn du Gefühle hast.“
Während Sophie voll mit sich selbst beschäftigt war, sich ganz und gar ihren Gefühlen hingab, zückte Achmed sein Smartphone und filmte sie dabei.
„Du bist so wunderschön“, gab er sich begeistert.
„Mach weiter, lass dich nicht stören“, wies er sie an, als er sah, wie Sophie mit den Augen blinzelte.
„Du filmst mich dabei?“, genierte sich Sophie.
„Ja klar, wenn du nicht bei mir bist, dann kann ich mir das Video immer wieder ansehen, meine Prinzessin. Dann bist du bei mir … bist du gleich so weit?“
Diese Vorstellung gefiel Sophie so sehr, dass sie tatsächlich zum Orgasmus kam.
„Das hast du toll gemacht“, lobte er sie begeistert,

„und das war wirklich nicht gespielt?"
„Nein, das war echt", versicherte Sophie und kuschelte sich an Achmeds Schulter. „Magst du mir den Film mal zeigen?" Achmed überlegte kurz, dann fiel ihm ein, dass Sophie von den pornografischen Detailaufnahmen nicht begeistert wäre. Ihr Gesicht war natürlich auch drauf, damit konnte er sie später erpressen, falls sie nicht spurte, dennoch entschied er sich dagegen.
„Die Aufnahmen sind ganz gut, aber da fehlt noch die Würze, du wirkst noch ein bisschen verkrampft, das nächste Mal muss das besser klappen. Aber ich könnte noch ein paar hübsche Fotos von dir machen."
Ohne auf Sophies Einwilligung zu warten, schoss er einfach drauflos. Und obwohl sich Sophie etwas überrumpelt fühlte, folgte sie willig seinen anzüglichen Aufforderungen.
„Fass dir an deine Brüste, schau mich an, leck dir über die Lippen, steck den Dildo in den Mund, jetzt mach die Beine breit und wi …, äh, berühr dich selbst, geil, ich hab noch nie so eine schöne Pussi gesehen, einfach geil."
„Jetzt ist aber gut", beschwerte sich Sophie, eher kleinlaut als energisch.
„Du bist ein Naturtalent", bemerkte Achmed und legte das Smartphone zur Seite. „Willst du heute Nacht bei mir schlafen?", erkundigte er sich

höflichkeitshalber.
„Nein, ich muss heim, es ist schon spät“, lehnte Sophie wie nicht anders erwartet ab.
„Ich fahr dich nach Hause, keine Widerrede.“

„Hier kannst du mich absetzen, die paar Schritte kann ich allein laufen“, bat Sophie.
Es war zwar schon dunkel, aber sie hatte trotzdem Angst, dass sie jemand sehen könnte.
„Ich hätte dich gern noch zur Haustür begleitet“, entgegnete Achmed enttäuscht. Er küsste Sophie noch einmal innig, beteuerte ihr seine Liebe, dann beugte er sich über ihren Schoß und öffnete ihr die Beifahrertür. „Pass auf dich auf, Prinzessin, ich liebe dich und melde mich, sobald ich kann.“
Sophie lief eilig den Fußweg entlang, während Achmed ihr mit dem Auto im Schritttempo folgte. Als sie das Gartentor zum Haus öffnete, hupte er noch einmal kurz, dann gab er Gas. Achmed wusste nun, wo Sophie zur Schule ging, wo sie wohnte, wie es um das Liebesleben ihrer Eltern bestimmt war und er hatte prekäres Foto- und Filmmaterial, das alles reichte aus, um aus dieser naiven Göre eine gut verdienende Hure zu machen, dachte er.

6. Kapitel

Während Achmed weiter an seiner Strategie feilte, Sophie nun endlich ertragreich für seine Zwecke zu missbrauchen, schwebte Sophie gedanklich im siebten Himmel. Sie fühlte sich losgelöst, glücklich, und bedauerte, dass da niemand war, dem sie sich hätte mitteilen konnte. Ihr Vater würde von ihrer Bekanntschaft nicht begeistert sein, wenn sie ihm erzählte, dass ihr Freund arabische Wurzeln hat. Wogegen ihre Mutter diesbezüglich keine Vorurteile hatte, dennoch würde sie eine Beziehung unter keinen Umständen tolerieren.
„Aber vielleicht ist das auch gut so“, legte sich Sophie zurecht, während sie auf ihrem Bett lag und vor sich hin sinnierte. Irgendwie fühlte es sich

sogar aufregend an, ein Geheimnis zu haben, ein schlüpfriges noch dazu. Sie kicherte leise. „Im Prinzip führe ich jetzt ein Doppelleben, lebe in zwei Rollen. Am Tag die achtsame und wissbegierige Schülerin und am Abend in Achmeds Armen die leidenschaftliche Geliebte“, dachte sie.
Das fühlte sich verboten und gut an. Sie lächelte entrückt.

Es war bereits fast eine Woche vergangen, in der sie keinerlei Lebenszeichen von Achmed bekam. Er antwortete weder auf ihre Sprachnachrichten noch auf ihre SMS, deren Formulierungen immer mehr an Hilferufe erinnerten: *Achmed, melde dich … Achmed, mein Liebster, ich brauche dich … Achmed, ich kann ohne dich nicht leben.*
Dass sich Sophie völlig in ihrer Sehnsucht verlor, nur noch an Achmed dachte, tatsächlich glaubte, ohne ihn nicht mehr leben zu können, waren Begleiterscheinungen, die sie selbst so gar nicht registrierte. Für Achmed allerdings war das ein Zeichen dafür, dass seine Gehirnwäsche so langsam fruchtete. Sophie war nun Wachs in seinen Händen. Er konnte sie nun nach seinen Vorstellungen formen. Dass er sich nicht bei ihr meldete, war eiskaltes Kalkül.

Erst nach zehn Tagen rief er sie an. Er gab sich redlich Mühe, dass Sophie ihm seine Niedergeschlagenheit anhörte.
„Liebster, was ist, du klingst traurig, was ist passiert?“
„Sorry, dass ich mich so lange nicht gemeldet habe, ich habe Probleme, wollte dich damit nicht belästigen, hab Mist gebaut und nun steck ich in der Scheiße, wie gehts dir, meine Prinzessin, ich hab so oft an dich gedacht und Angst gehabt, dass du mich schon vergessen hast.“
Sophie weinte vor Freude, als sie endlich seine Stimme hörte. „Sag mir, was los ist, bitte, vielleicht kann ich dir helfen? Wollen wir uns treffen?“

Sophie wusste, dass es leichtsinnig war, sich von Achmed abholen zu lassen, auch wenn er eine Straße weiter mit dem Auto auf sie wartete. Aber Sophie war das mittlerweile egal geworden. Für sie gab es momentan nichts Wichtigeres, als ihrem Freund Beistand zu leisten und vor allem herauszufinden, was ihm auf der Seele lag. Als sie ihn wiedersah, fiel sie ihm euphorisch um den Hals, weinte, küsste ihn und hielt sich an ihm fest. Achmed ahndete Sophies überfallartige Begrüßung mit phlegmatischer Gelassenheit.
„Du bist so anders“, stellte Sophie enttäuscht fest.
„Das hat nichts mit dir zu tun, glaub mir. Ich bin in

die Scheiße geraten, werde bedroht und ich habe Angst, dass mir die Typen das Genick brechen, wenn ich nicht zahle."
Achmed tischte Sophie eine Lügengeschichte im Schnelldurchgang auf.
„Ich hab mit meinem Cousin Geburtstag gefeiert, wir hatten schon ziemlich einen im Tee, dann haben wir so einen Kümmeltürken kennengelernt, der hat offensichtlich gesehen, dass wir Geld haben, und der hat uns dann in ein Casino geschleppt, mehr eine Hinterhofkaschemme. Dort haben die uns zum Pokern überredet. Mein Cousin war klug, der ist nach dem ersten Spiel, das er übrigens gewonnen hat, abgezwitschert, zweitausend Flocken hat der sich in die Tasche gestopft. Ich bin geblieben, die ersten drei Spiele habe ich auch gewonnen, sechstausend Euro, ich dachte, ich hab 'nen Flow, `ne Glückssträhne, habe das ganze Geld dann eingesetzt und verloren. Die haben mich ganz klar über den Tisch gezogen. Jetzt hab ich bei den Türken Schulden, Spielschulden, die haben mir gedroht, wenn ich das nicht innerhalb von einer Woche begleiche, dann machen die mich platt, scheiße, Mann, ich war so blöd."
„Hast du kein Geld, deine Schuld zu begleichen?", hakte Sophie betroffen nach und hielt tröstend seine Hand.

„Vor ein paar Wochen hätte ich noch genug Kohle gehabt, das wären Peanuts gewesen, aber ich habe doch den Bauplatz gekauft … ich will doch ein Haus bauen.“
Wie auf Kommando surrte Achmeds Handy, er hatte eine Nachricht bekommen. Auf dem Display war ein toter Mann zu sehen, der an einem Strick baumelte, ohne Kommentar.
„Scheiße, schau her, die Schweine“, jammerte Achmed aufgelöst.
„Wie viel Geld brauchst du denn?“, erkundigte sich Sophie ängstlich.
„Viertausend. Vorerst.“
„Und was ist mit deinem Cousin, kann der dir nicht helfen und deine Familie?“, hakte sie noch einmal nach.
„Vergiss es, mein Vater guckt mich nicht mehr mit dem Arsch an, wenn der erfährt, dass ich gespielt habe.“ Er blickte Sophie panisch an, die ihn anlächelte.
„Was ist mit dir, warum grinst du so blöd, machst du dich über mich lustig?“
„Nein, nein“, beruhigte sie. „Komm morgen um die gleiche Zeit hierher. Okay?“
Mehr sagte sie nicht. Sie verabschiedete sich, ohne eine weitere Erklärung abzugeben.

„Ich möchte gern den Betrag auf meinem

Sparbuch ausgezahlt bekommen“, brachte sie ihr Anliegen auf den Punkt.
„Das wären dann genau dreitausendeinhundert und zweiunddreißig Euro und zwölf Cent, dann benötige ich noch Ihren Ausweis, bitte“, erwiderte die Bankangestellte.
„Nur dreitausend bitte, der Rest bleibt drauf.“
Gebannt blickte Sophie auf die grünen Scheine, die ihr der Kassenwart vorzählte und anschließend in einem Umschlag verstaute. So viel Geld hatte Sophie noch nie in ihrem Leben in der Hand gehabt. Eigentlich wollte sie später das Geld für ihr Studium verwenden, ein Notgroschen sozusagen, von dem Ihre Mutter nichts ahnte. Es war das Geld, das sie regelmäßig von ihrem Vater zugesteckt bekam und das sie über Jahre regelmäßig zur Seite gelegt hatte.
Es tat ihr nicht weh, das Geld jetzt für einen anderen Zweck einzusetzen, ganz im Gegenteil. Sophie konnte es kaum erwarten, Achmed morgen damit zu überraschen. Sie war so stolz darauf, ihrem Liebsten in einer Notsituation helfen zu können. Was würde er wohl sagen?

„Das ist leider zu wenig, meine Prinzessin“, sagte er. Achmed gab sich alle Mühe, dennoch berührt zu wirken.
„Das sind aber all meine Ersparnisse“, erwiderte

Sophie enttäuscht.
Er nahm sie in den Arm.
„Du bist so gut zu mir, ich weiß das echt zu schätzen und ich bin dir so dankbar, dass du mir aus der Patsche helfen willst, du bekommst es auch zurück, aber es ist zu wenig, die Türken wollen mehr.“ Achmed Stimme klang angeschlagen, seine Augen tränten. „Was soll ich nur machen, die Schweine bringen mich um.“
„Ich würde dir so gern helfen, aber ich hab kein Geld mehr“, erwiderte Sophie ratlos. „Ich habe keine Geldquelle mehr.“
„Da gibts noch eine Möglichkeit, wie du mir helfen kannst“, sagte er und blickte Sophie beschwörend in die Augen, „aber ich weiß nicht, ob du das für mich tun würdest, es ist vielleicht auch zu viel verlangt und ich weiß auch gar nicht, ob du das auf die Reihe bringst, andere in deinem Alter können das richtig gut, wie gesagt …“ Er zögerte und blickte Sophie zweifelnd an. „Es wäre meine Rettung.“
„Sags mir, verdammt, sags mir, ich tu alles für dich“, beteuerte Sophie.

7. Kapitel

Sie trug eine weiße Taillenkorsage, die halterlosen Strümpfe waren an Strumpfhaltern befestigt. Sie trug weder einen Büstenhalter noch ein Höschen, dafür schwarze, hochhackige Lackstiefel. Ihr knallroter Lippenstift glänzte wie Siegellack, ansonsten war sie ungeschminkt. Mit weit gespreizten Beinen lag sie auf einer runden Plattform, die mit roter Auslegeware überzogen war. Das Rondell drehte sich langsam, während fünf nackte Männer mit Augenmasken um sie herumgruppiert standen und ihr dabei zusahen, wie sie sich mit einem Dildo selbst stimulierte. Sophie hatte die Augen geschlossen, konzentrierte sich auf das, was ihr Achmed eingetrichtert hatte: *Je lauter du stöhnst, je mehr du zeigst, desto schneller sind die geilen Böcke befriedigt, also gib dein Bestes, stell dir einfach vor, du tust es für mich. Wir verdienen eine Menge Kohle und alles wird gut.*

Obwohl sie angestrengt versuchte, die Realität auszublenden, das erregte Stöhnen und die anzüglichen Bemerkungen der Männer zu ignorieren, benötigte sie ein paar Augenblicke, sich an die entwürdigende Zurschaustellung zu gewöhnen. Nach fünf Minuten wirkte sie gelockert, was weniger an ihrer Überwindungskraft, sondern vielmehr an dem Glas Sekt lag, das Achmed ihr vor ihrer fragwürdigen Performance aufgedrängt hatte. Bereits fünf Minuten später hatte sie alle Hemmungen abgelegt, sie rekelte sich anzüglich, kicherte aufgekratzt, nahm sogar verschiedene vulgäre Posen ein, zeigte sich von hinten, von vorn und fand es gar nicht mehr verwerflich, die Männer mit obszönem Vokabular anzuheizen. Ein paar Wimpernschläge fühlte sie sich sogar richtig gut, genoss die schlüpfrigen Komplimente, die verbalen Erniedrigungen, mit denen sie die Freier anfeuerten. Sie kam sich vor wie eine abgebrühte Lolita, die den Männern den Kopf verdrehte. Geraume Zeit später wurde sie plötzlich schläfrig. Sie hatte ihre Sache gut gemacht, hörte das finale Stöhnen der Freier, die plötzlich alle dicht gedrängt auf ihrer Plattform saßen. Sie fühlte die schweißnassen Hände auf ihren Brüsten, an ihrer intimsten Stelle, Finger, die sich in ihre Vagina und ihren After bohrten, aber sie war nicht in der Lage, sich zu wehren. Sie war so müde, konnte nicht

anders, als ihre Lider zu schließen, dennoch lächelte sie.
Das Letzte, was sie noch wahrnahm, waren die warmen Ergüsse, die sie auf ihrer Brust und in ihrem Gesicht spürte. Sie leckte instinktiv über ihre Lippen, der bittere Geschmack störte nicht, sie wollte nur schlafen.

Sie hätte nicht sagen können, wie lange sie weggetreten war, wie lange die Freier sich an ihr vergangen hatten. Achmed wusste es. Er hatte hinter einem venezianischen Spiegel gestanden und auf die vereinbarte Zeit von einer Stunde geachtet. Genauso lange hatte Sophies Martyrium gedauert, ohne dass sie auch nur einen leisen Schimmer davon hatte, was sich wirklich in der Zeit abspielte. Sie hatte einen Filmriss.
Als sie wieder erwachte, blickte sie in die stechenden Augen ihres Freundes.
„Was ist denn mit dir los?“, fragte er verwundert. „Du bist einfach eingenickt.“ Seine Mimik wirkte vorwurfsvoll, ganz so, als hätte Sophie sich nicht an seine Anweisungen gehalten. Dann lächelte er mechanisch, tätschelte ihr Gesicht, zog die Hand aber wie elektrisiert zurück.
„Geh sofort unter die Dusche“, befahl er, „und schrubb dir den Dreck von deiner Haut!“

Es war bereits nach Mitternacht, als Achmed Sophie nach Hause fuhr. Sie wirkte immer noch etwas benommen, aber Achmeds gute Laune und seine Komplimente wirkten sich positiv auf Sophies Verfassung aus. Sie hatte alles richtig gemacht, war über ihren eigenen Schatten gesprungen, hatte Achmed bewiesen, dass sie kein prüdes Mädchen war.
„Ich bin so stolz auf dich, Prinzessin, ich habe dich unterschätzt, du kannst den Kerlen richtig den Kopf verdrehen, das kann nicht jede, du hast es richtig drauf."
Seine Worte waren für Sophie mehr als wohlwollende Bekundungen, sie fühlte sich in ihrem Selbstbewusstsein bestärkt, so sehr, dass sie dem bevorstehenden Problem keinerlei Bedeutung beimaß. Sie konnte jetzt nicht einfach zur Haustür hereinschneien, da sie ihrer Mutter gesagt hatte, bei Bianka zu übernachten. Also schlich sie sich in den Garten, kletterte auf die Mülltonne, die sie sich schon vorher bereitgestellt hatte, und hangelte sich am Geländer ihres Balkons nach oben. Sie hatte an alles gedacht, auch daran, ihr Fenster nur anzulehnen. Sie musste nur darauf achten, dass sie keinerlei Geräusche verursachte.
So kletterte sie leise zum Fenster hinein. Alles war dunkel.

„Geschafft!“, flüsterte sie erleichtert, als plötzlich das Licht wie von Geisterhand angeknipst wurde. Ihre Mutter stand an der Tür und empfing sie mit todernster Miene.
„Wo kommst du jetzt her?“, begann sie zu kreischen und packte Sophie an ihren Haaren. „Wo kommst du verdammtes Luder jetzt her?“
„Lass mich los“, schrie Sophie wütend und versuchte sich aus ihrer Umklammerung zu befreien.
„Ich war bei Bianka, hab ich dir doch gesagt“, konterte sie, während sie ihre Schultasche ihrer Mutter vor die Füße warf.
„Dort habe ich angerufen, Bianka hatte keine Ahnung. Sie hat gesagt, dass du auch nicht mehr ihre Freundin bist.“
„Ach, spionierst du mir doch nach?“, reagierte Sophie angriffslustig.
„Sie sagt, dass du vielleicht bei deinem Freund seiest. Hast du einen Freund? Stimmt das? Treibst du dich schon mit den Jungs rum … du bist fünfzehn!“
„Und wenn!“, reagierte Sophie patzig, „das ist mein gutes Recht, alle anderen Mädchen aus meiner Klasse treiben sich mit Jungs herum, da ist keine mehr dabei … die … die noch nie was mit einem Jungen hatte, ich bin die Einzige.“
„Wer ist der Kerl? Hat er dich schon angefasst?

Hast du schon mit ihm geschlafen? Sags mir, sonst …“ Ihre Mutter erhob die Hand, als würde sie zum Schlag ausholen wollen. Sophie wich einen Schritt zurück.
„Was? Sonst?“, erwiderte sie und blickte ihre Mutter lauernd an. „Ich glaube, du hast kein Recht, mich zu maßregeln, du bestimmt nicht, wer im Glashaus sitzt, sollte nicht mit Steinen wer …“
Sie hatte das letzte Wort noch nicht ausgesprochen, als ihre Mutter ihr eine schallende Ohrfeige verpasste.
„Du Hure!“, brüllte Sophie ihre Mutter an und wehrte mit beiden Händen den nächsten Schlag ab. „Im Gegensatz zu dir bin ich nicht so scheinheilig! Ich muss nicht für Sex bezahlen, sondern …“ Sophie biss sich auf die Lippen, beinahe wäre ihr etwas Fatales herausgerutscht. Sie versuchte sich zu sammeln, holte tief Luft, bevor sie weiter-sprach. „Ich habe dich gesehen, wie du mit dem Callboy gefickt hast“, entgegnete sie ganz ruhig. „Ich weiß sogar, wie viel Geld du ihm gegeben hast, wenn ich Paps davon erzähle, dann …“ Sophie grinste bedeutungsschwer.
Mit Genugtuung verfolgte sie, wie ihre Mutter die Contenance verlor, wie sie verzweifelt nach Worten suchte, ihre Hände zur Faust ballte, immer wieder nach Luft schnappte. Sophie hatte ihre Mutter noch nie in ihrem Leben so durcheinander

gesehen. Fast hatte sie Mitleid.
„Das glaubt der sowieso nicht“, entgegnete ihre Mutter. „Du pinkelst mir nicht ans Knie, du nicht!“, flüsterte sie mehr zu sich selbst, während ihre Augen wie Suchscheinwerfer durchs Zimmer kreisten.
„Wenn du mich weiter bedrängst, dann kann ich das sehr wohl. Ich habe euch nämlich gefilmt. Du hast die Unterwäsche getragen, die du aus dem Mülleimer gefischt hast. Krasser gehts wirklich nicht, Klara.“
Blitzartig stürzte sich ihre Mutter auf Sophies Tasche und wühlte darin herum.
„Die Aufnahmen sind a) gesichert und b) hat mein Smartphone einen Geheimcode, selbst wenn du es jetzt zertrümmern würdest, wäre deine Aktion kontraproduktiv“, entgegnete Sophie beherrscht.
„Ich erkenn dich nicht wieder, Sophie“, wurde ihre Mutter plötzlich zugänglich, „du bist so merkwürdig, als ständest du unter schlechtem Einfluss. Bitte lass uns vernünftig sein, es bringt doch nichts, wenn wir uns gegenseitig anfeinden, ich bin deine Mutter, ich will nur dein Bestes. Wenn du einen Freund hast, dann erzähl doch einfach von ihm, lass mich daran teilhaben, grenz mich nicht aus, bitte, Blut ist dicker als Wasser … vielleicht stellst du ihn mir einfach vor.“
Sophie schwieg nachdenklich.

„Ich weiß nicht, ob du ihn mögen würdest, du hast doch an jedem was auszusetzen, er ist kein Akademiker, kein Philosoph, er ist ganz normal, ein liebenswerter Mensch, der sich um mich sorgt und bei dem ich mich geborgen fühle."

„Wie heißt er denn?", wollte ihre Mutter wissen und setzte sich scheinbar gefasst wirkend auf Sophies Bett, während sie mit der Hand einladend auf die Bettdecke klopfte.

„Komm, setz dich zu mir und erzähl von ihm, ich werde dir zuhören."

Sophie zögerte kurz, überlegte, ob das nicht eine psychologische Masche von ihrer Mutter ist. Dann setzte sie sich doch zu ihr. Ihre Mutter legte liebevoll ihren Arm um ihre Schulter und drückte sie an sich.

„Er heißt Achmed", begann sie und vertraute sich ihr an. Natürlich erzählte sie ihrer Mutter nicht die ganze Wahrheit. Sie schloss mit den Worten, dass Achmed sie noch nicht berührt hat, beteuerte ihrer Mutter, dass sie noch Jungfrau sei.

„Das glaube ich dir nicht", erwiderte ihre Mutter.

„Ich werde einen Termin bei meiner Frauenärztin vereinbaren, die soll dir sicherheitshalber die Pille verschreiben, ich möchte nicht, dass du schwanger wirst, es ist zu deinem eigenen Schutz", entschied sie und drückte Sophies Hand.

„Einverstanden", erwiderte Sophie.

Sie war dankbar, dass ihre Mutter so verständnisvoll reagierte.
„Ich werde das Video löschen“, schob sie noch nach, „Paps bekommt es nicht zu Gesicht.“
„Danke“, entgegnete Klara reserviert und verließ Sophies Zimmer.

Zwei Tage später saß Sophie mit ihrer Mutter im Wartezimmer der Frauenärztin. Sophie wurde untersucht.
„Ihre Tochter ist noch Jungfrau“, versicherte die Ärztin und verschrieb Sophie ein Verhütungsmittel. Sophies Mutter wirkte verwundert und erleichtert gleichermaßen, dass ihre Tochter sie nicht angelogen hatte. Sie entschuldigte sich bei Sophie und bot ihr im gleichen Atemzug an, Achmed ihr vorzustellen.
„Der Achmed scheint tatsächlich ein ordentlicher junger Mann zu sein, wenn er noch nicht versucht hat mit dir zu schlafen, obwohl ihr euch schon vier Wochen kennt.“
„Ich weiß nicht, ob Achmed das will, ich mein, er stammt aus einer arabischen Familie, da haben die meisten Leute Vorurteile, ich hab Angst, dass du ihn mit deinen psychologischen Tricks in die Mangel nimmst, Achmed ist sehr sensibel, ich hab echt Muffensausen, dass du alles kaputt machst, unsere Liebe zerstörst.“

Achmed wusste nicht so recht, wie er auf Sophies Angebot, ihn ihrer Mutter vorzustellen, reagieren sollte. Sophie hatte ihn in eine Zwickmühle gebracht. Sie für ihre Leichtsinnigkeit zu verprügeln war der erste Gedanke, der ihm in den Sinn kam. Wie konnte die dämliche Göre sich ihrer Mutter anvertrauen, hatte er ihr nicht eingebläut, Stillschweigen zu bewahren? Er wusste, dass Sophies Mutter Psychologin ist. Dass sie ihn unter Umständen mit gezielten Fragen in Verlegenheit bringen könnte. War er dieser Psychohexe gewachsen? Konnte er das riskieren, sich in die Höhle der Löwin zu begeben? Was ist, wenn sie ihm feindselig gegenüberstand, ihre Tochter versuchen würde, sie negativ zu beeinflussen, womöglich ihm den Umgang verbieten würde, dann hätte er sich mit diesem Besuch ein Eigentor geschossen. Aber was ist, wenn es ihm gelingen würde, sich einzuschleimen, wenn die Mutter ihn mag? Dann würde sie ihm unbewusst in die Hände spielen, das Versteckspielen und die Ausreden hätten dann ein Ende. Er könnte unbehelligt über Sophie verfügen. War diese Theorie nicht verlockend?

„Ich bin völlig platt“, erwiderte er nach einer Denkpause.

„Dass du deiner Mutter von mir erzählt hast, das zeigt, wie sehr du mich liebst, und ja, ich würde deine Mutter sehr gern kennenlernen … ich freu mich echt, ehrlich“, beteuerte er Sophie und strahlte sie unbefangen an, obwohl er ihr am liebsten den Arsch versohlt hätte. Er brodelte innerlich immer noch vor Wut, dass sie ihn in so eine brenzlige Situation gebracht hatte.

Es war ein Freitag, als Achmed Punkt 18 Uhr an Sophies Haustür klingelte. Er hatte sich herausgeputzt. Er trug einen grauen Anzug, darunter ein schwarzes T-Shirt, seine Füße steckten in weißen Turnschuhen. Obwohl er keinerlei Sehschwäche hatte, trug er eine Sehhilfe. Die schwarze Designerbrille verlieh seinem Aussehen etwas Seriöses. Seine schwarzen kurzen Haare hatte er streng zur Seite gescheitelt, sodass die kahl geschorenen Schläfen nicht zur Geltung kamen. Seine goldene Protzuhr hatte er gegen ein weit weniger auffälliges Modell ausgetauscht. Außenstehende hätten aufgrund seiner Erscheinung auf einen seriösen Banker oder erfolgreichen Start-up-Unternehmer getippt. Kein Mensch wäre auf die Idee gekommen, dass sich hinter seiner Fassade ein skrupelloser Zuhälter verbarg, er einem kriminellen arabischen Familienclan angehörte.

Der erlesene Blumenstrauß, den er in der Hand hielt, war auch nicht an einer Tankstelle gekauft, sondern mit Bedacht in einem Blumenladen gebunden worden. Auch die Flasche Rotwein war kein Billigfusel, sondern für 32 Euro in einem Weinladen gekauft worden. Der kleine weiße Hund, der ihn begleitete, brav und wohlerzogen auf sein Kommando „Sitz“ hörte, rundete das Bild vom Traumschwiegersohn ab.
Achmed war sich sicher, dass er mit seiner Maskerade Sophies Mutter beeindrucken konnte. Sie war trotz ihrer Bildung auch nur ein Frau, obendrein noch eine, die ihren Mann betrog, eine Hure also. Wie heißt es so schön: Der Apfel fällt nicht weit vom Stamm. Dieses Gedankenspiel brachte ihn zum Schmunzeln.

Als die Tür geöffnet wurde, lächelte er immer noch, aber eher deswegen, weil sein Gegenüber genau seinen Erwartungen entsprach. Ja, genauso hatte er sich Sophies Mutter vorgestellt. Sie trug eine Art Pluderhose, eine von den Dingern, wo sich der Schritt in den Kniekehlen befand, um ihre langen ergrauten Haare hatte sie sich einen bunten Turban geschlungen, der mit dem bunten, ausgeleierten Wollpullover zumindest farbtechnisch harmonierte. Dennoch stand außer Frage, dass er der gealterten Ausgabe von Sophie

gegenüberstand. Die vollen Lippen und die immense Oberweite fielen ihm sofort ins Auge. Dann hörten die Gemeinsamkeiten auch schon auf. Der Blick ihrer Augen war nicht sanftmütig, sondern wirkte herausfordernd und auf unangenehme Art resolut, auch wenn sie ihn herzlich begrüßte.
Er stellte sich mit seinem vollständigen Namen vor und bedankte sich für die Einladung. Dann wickelte er das Seidenpapier von den Blumen, deutete eine Verbeugung an und überreichte ihr den Strauß, dabei blieb er, verlegen spielend, vor der Tür stehen. Erst als Sophies Mutter ihn eindringlich bat einzutreten, folgte er ihrer Geste, aber blieb höflichkeitshalber stehen, machte sogar Anstalten, sich die Schuhe auszuziehen. Sophies Mutter hielt ihn davon ab. Achmed glaubte, dass sich ihre Gesichtszüge allmählich entspannten. Ihr Lächeln wirkte nicht mehr wie eingefräst.
Als er ihr die Rotweinflasche überreichte, schien sie geradezu begeistert.
„Oh, ein echter *Montiano* von 2015, Respekt, sind Sie Weinkenner?“
„Nein, leider nicht, ich trinke so gut wie keinen Alkohol“, gab sich Achmed bescheiden, „aber mein Vater kennt sich gut aus, er besitzt einen Weinkeller, er hat mir diesen Wein extra für Sie herausgesucht.“

„Der ist ja fast zu schade zum Trinken, mein Gott, richten Sie Ihrem werten Vater meinen Dank aus."
„Achmed?", ertönte plötzlich Sophies Stimme.
Sie sah ihn an, als wäre er von den Toten auferstanden. So hatte sie ihren Freund noch nie gesehen.
„Wie sieht der denn aus?", dachte sie, aber sprach ihre Gedanken nicht aus. Insgeheim musste sie sogar schmunzeln, ihr war klar, dass ihr Freund nicht ihr, sondern ihrer Mutter gefallen wollte, und irgendwie war ihm das hervorragend gelungen.
Ihre Mutter schien angenehm überrascht, lächelte ihn gefällig an, wie eine Mutter, die auf ihren wohlgeratenen Sohn blickt.
Lächelnd trat Sophie auf ihren Freund zu und wollte ihn küssen. Achmed wehrte ihre Kussattacke jedoch ab und erwiderte ihre Zärtlichkeit lediglich mit einer freundschaftlichen Umarmung. Dann sah er ihr ins Gesicht und sagte erheitert: „Du siehst ja aus, als wärst du in den Farbkasten gefallen."
Instinktiv wusste er, dass es wohl bei der Mutter keinen guten Eindruck erwecken würde, wenn er vor ihren Augen mit ihrer Tochter herumturtelte.
Sophie war von seiner Zurückhaltung und seiner dämlichen Bemerkung weit weniger begeistert. Gerade sie wollte ihrer Mutter demonstrieren, wie sehr sie sich liebten.

„Bitte, Herr Muammadi, bitte nehmen Sie Platz“, sagte ihre Mutter und deutete auf den festlich gedeckten Tisch.
„Für Sie bitte Achmed“, widersprach er im sanftmütigen Tonfall.
„Gut, lieber Herr Achmed“, folgte sie seiner Bitte, „dann dürfen Sie mich auch Klara nennen.“
„Es ist mir eine große Ehre, Frau Klara“, entgegnete er erfreut, ohne Sophie eines weiteren Blickes zu würdigen. Die stand völlig verdattert neben ihm und wunderte sich über die gestelzte Aussprache ihres Freundes. Beinahe schien es, als wäre sie überflüssig. Achmeds Aufmerksamkeit galt ausschließlich ihrer Mutter, obwohl sie sich doch extra für ihn hübsch gemacht hatte. Sie hatte nicht nur ihre Wimpern getuscht, sondern auch Lippenstift aufgelegt, ihre langen Haare in eine Lockenmähne verwandelt und ihr schönstes Kleid angezogen.
„Sie sehen übrigens bezaubernd aus, liebe Frau Klara, der Kopfschmuck steht Ihnen außerordentlich gut, Sie sehen fast aus wie eine orientalische Prinzessin. Meine Mutter trägt auch gern ausgefallene Kleidung, sie besitzt übrigens eine exklusive Brautmodenboutique in der Innenstadt. Dort kann man aber auch andere Sachen kaufen, raffinierte Tücher aus Seide zum Beispiel.“ Achmed strahlte Sophies Mutter

bewundernd an. Er registrierte mit Genugtuung, wie Sophies Mutter langsam dahinschmolz. Für ihn grenzte das beinahe an ein Wunder. Er hatte sich darauf eingestellt, dass Sophies Mutter nicht so einfach zu bezirzen war.
Während er und Sophies Mutter sich angeregt unterhielten, war Sophie damit beschäftigt, die beiden zu bewirten. Sie öffnete die Weinflasche, füllte das Rotweinglas ihrer Mutter bis zur Hälfte auf. Die trank es in einem Zug leer und verdeutlichte mit verzückter Miene, dass der Wein vorzüglich mundete, wie sie sagte. Als Sophie das Essen auftrug, das aus zartem Rinderfilet, Karotten und köstlich duftenden Rosmarinkartoffeln bestand, spielte Achmed auch noch den Vegetarier.
„Tut mir leid, ich esse kein Fleisch“, behauptete er allen Ernstes. „Ich liebe Tiere, seit ich mal gesehen habe, wie die armen Tiere in den Schlachthöfen behandelt werden, krieg ich keinen Bissen Fleisch mehr runter.“ Dabei streichelte er liebevoll den kleinen Hund.
„Was?“, erwiderte Sophie verstört. Bei ihrem letzten Essen hatte er noch ein blutiges Rindersteak vertilgt. Sie wollte gerade loswettern, als Achmed ihr in die Parade fuhr und ihr unauffällig zuzwinkerte.
Sie hatte ihm erzählt, dass sich ihre Mutter vegan

ernährte, vermutlich wollte er sich auf diese Art bei ihr einschleimen. In Sophies Augen artete Achmeds Strategie langsam in ein Schmierentheater aus. Wie konnte der sich nur so verstellen? Sie war völlig perplex. Achmed war der geborene Schauspieler, der es verstand, andere Menschen, sogar ihre misstrauische Mutter, um den Finger zu wickeln.
So war Sophie die Einzige am Tisch, die sich den köstlichen Braten schmecken ließ, obwohl ihr der Bissen förmlich in der Kehle stecken blieb. Nie hätte sie erwartet, dass Achmed und ihre Mutter sich so gut verstehen. Sophie fühlte sich völlig ausgegrenzt, wie das dritte Rad am Wagen. Mit befremdlicher Miene verfolgte sie, wie Achmed mit beflissener Achtsamkeit immer wieder das Glas ihrer Mutter auffüllte, während sie auf dem Trockenen saß. Als sie es wagte, sich der teuren Weinflasche zu befleißigen, schenkte er ihr mit der Bemerkung: *In deinem Alter sollte man lieber auf Alkohol verzichten,* einen kleinen Schluck ein.
„Der Achmed hat recht“, pflichtete ihre Mutter erheitert bei, während sie sich bereits die ganze Flasche einverleibt hatte und sich ihre Worte mittlerweile anhörten, als hätte sie ein ganzes Weinfass geleert.
„Dafür solltest du weniger trinken“, konnte sich Sophie nicht verkneifen. Sie nahm die kleine Sissi

auf den Schoß und vergrub ihre Nase in ihrem weichen Fell.
Sofort bekam sie Achmeds Gegenwehr zu spüren. Er tippte sie unter dem Tisch mit dem Bein an und segnete sie mit einem Blick, der Sophie förmlich erstarren ließ.
Am liebsten wäre Sophie in diesem Moment aufgestanden und hätte die beiden zurückgelassen. Die Szene, die sich hier vor ihren Augen abspielte, wirkte dermaßen absurd, dass sie hätte laut aufschreien können. Auf der einen Seite bewunderte sie ihren Freund, ihre Mutter so einlullen zu können, auf der anderen Seite bewies er mit seiner Inszenierung, dass er sich gut verstellen konnte. Achmed hatte zwei Gesichter. Sollte sie sich vor ihm in Acht nehmen?

„Ich habe das alles nur für uns getan“, flüsterte er ihr zum Abschied ins Ohr und gab ihr einen flüchtigen Kuss auf die Wange. Damit erübrigten sich Sophies Zweifel. Dass seine Darbietung allerdings dermaßen fruchtete, dass Sophies Mutter ihrer eigenen Tochter sogar in den Rücken fiel, damit hätte sie nicht gerechnet.
„Wie findest du ihn?“, fragte Sophie, als Achmed gegangen war und sie den Tisch abräumte. Ihre Mutter kippte sich, ohne ein Wort zu sagen, den letzten Schluck Wein ein und drehte

gedankenverloren das Glas in ihrer Hand.
„Die Frage sollte wohl eher lauten: Was findet er an dir?“ Sie lächelte diffus und zog genussvoll an ihrer Zigarette, den Rauch blies sie Sophie ins Gesicht.
Sophie starrte ihre Mutter verblüfft an. „Was?“
Ihre Mutter seufzte theatralisch.
„Ich will dir ja nicht zu nahe treten und es liegt mir auch fern, mich in eure Beziehung oder wie auch immer man das nun nennen mag, einzumischen, aber der Typ, ich mein … hast du dir keine Gedanken gemacht und dich mal einem gedanklichen Kreuzverhör unterzogen?“
„Was willst du mir damit sagen?“, brauste Sophie auf. „Du tust ja gerade so, als säße ich im Rollstuhl oder hätte sonst eine Behinderung oder wäre potthässlich!“
„Heute hast du jedenfalls alles dafür getan. Achmed hat schon recht gehabt mit seiner Bemerkung, dass du in den Farbtopf gefallen seiest … du siehst aus … ja, irgendwie billig. Anständige Männer mögen es nicht, wenn sich die Frauen schminken wie billige Flittchen, denk einfach in Zukunft dran.“
„Und du hast offensichtlich zu tief ins Glas geguckt“, bot Sophie ihrer Mutter Paroli.
„Jetzt sei doch nicht gleich beleidigt, wenn dir jemand einen gut gemeinten Rat gibt, ich meins

doch nur gut, wenn du Achmed halten willst, musst du dich ein bisschen seinen Wünschen anpassen, sonst ist der schneller weg, als du upps sagen kannst. Ehrlich, Sophie, der Achmed ist wirklich ein adretter junger Mann, charmant, höflich, heiter, eigentlich viel zu gut für diese Welt … ich gönn ihn dir, aber ich muss dich auch warnen. Du bist noch so unerfahren und naiv, ich habe ein bisschen Angst um dich, falls der Achmed sich einer anderen zuwendet … ich glaube, da würdest du in ein tiefes Loch fallen. Davor würde ich dich gern bewahren."

„Danke für den guten Rat, Ich geh jetzt ins Bett, bin müde", erwiderte sie trotzig.

„Ach, übrigens!", hielt sie ihre Mutter zurück. „Das mit dem Achmed bleibt vorläufig unter uns, erzähl deinem Vater bloß nichts davon. Merk dir, nicht ich bin die Übeltäterin, sondern dein Vater würde eure Beziehung zerstören. Du weißt ja, wie der auf Menschen mit Migrationshintergrund zu sprechen ist, der ist halt ein verkappter Nazi … und ein elendiger Hurenbock noch dazu", schob sie noch flüsternd nach. „Wir haben jetzt ein Geheimnis, sind sozusagen Komplizen, sitzen in einem Boot, meine Kleine, das schmiedet uns zusammen. Prost!"

8. Kapitel

Es war bereits dunkel, als Achmed mit seinem teuren BMW *Alpina* mit 180 km/h über die Landstraße fegte. Sophie, die neben ihm saß, hielt sich am Seitengriff fest. Sie hatte Angst und starrte mit ängstlicher Miene auf die Fahrbahn. Er wandte seinen Kopf kurz in ihre Richtung und grinste verschlagen.

„Keine Angst, Prinzessin, ich habe alles im Griff. Das Teil muss mal richtig eingeritten werden, hat schließlich 440 PS unter der Haube und kann auf 306 km/h beschleunigen." Achmed drehte die Musik, die aus seiner Stereoanlage dröhnte, lauter – ein bekannter Gangsterrapper war zu hören, der die Mutter seines Opfers ficken, allen Jungfrauen den ersten Stich verpassen und ihnen das Blut aus der Muschi lecken wollte. Sophie verabscheute diese Songs und verstand nicht, warum Achmed, der in ihren Augen ein einfühlsamer und liebenswerter Mann war, sich diese hirnlosen Sprechgesänge anhören konnte. Sie hasste diese Rapper, die Frauen in ihren Texten erniedrigten, sie zu geldgeilen Huren und nimmersatten Bläserinnen herabwürdigten. Manchmal fragte sie sich, in was für einer Zeit sie da eigentlich lebte und wieso dieser Schwachmatenrapp so erfolgreich und vor allem geduldet wurde. Warum gab es keine Frauen, die dagegenhielten, damit prahlten, den Kerlen die Eier abgebissen oder ihnen den Schwanz mit Pfefferspray eingesprüht zu haben. Das dachte sie, aber sie hätte nie gewagt, ihre Gedanken auch auszusprechen. Schon gar nicht vor Achmed. Das wären seiner Meinung nach schmutzige, unkeusche Gedanken, die nur aus dem Hirn einer Hure entspringen konnten. Manchmal wünschte sie sich, in einer anderen Zeit zu leben. In den Achtzigern vielleicht, wo es noch keine Handys gab, die Leute noch gezwungen waren, sich analog auszutauschen, Beziehungen langsam reiften. Geborgenheit, Zuneigung und Treue einen erstrebenswerten Stellenwert genossen. Sie war froh und glücklich, dass sich diese Tugenden und Sehnsüchte dennoch für sie seit geraumer Zeit erfüllt hatten. Sie hatte jemanden gefunden, der ihr all das gab. Der eine Konstante in ihrem jungen Leben darstellte, ihr Geborgenheit gab und ihre Ängste nahm. Sophie fühlte sich in Achmeds Gegenwart sicher, behütet und geliebt. Sie war seine Prinzessin. Jung, rein, unschuldig. Ein Mädchen, das gerade einmal 15 Jahre alt war, die neunte Klasse des Gymnasiums besuchte und von einem starken Prinzen träumte, der sie auf Händen trug, der nicht ihr Aussehen in den Vordergrund stellte, sondern ihren Charakter und ihre Intelligenz lobte. Er war es, der sie dazu animierte, weiter fleißig zu lernen, für ihn, für ihre gemeinsame Zukunft. Er war stolz auf seine kluge Prinzessin und sie war stolz auf Achmed. Auf diesen jungen Mann, der nicht nur verdammt gut aussah, sondern auch mal zuschlagen konnte, natürlich nur, wenn nötig. Sophie war sich sicher, dass Achmed seine Prinzessin bis aufs Blut verteidigen würde, falls ihr mal irgendjemand etwas Böses wollte. Für sie war Achmed ein Held, ein Fels in der Brandung, ein richtiger Mann, der Ziele hatte, fleißig arbeitete, Geld verdiente, alles tat, um eine sichere Zukunft aufzubauen. Eine gemeinsame Zukunft. Dazu gehörten ein gemeinsames Haus mit einem großen Pool im Garten, ein schickes Auto, Markenklamotten, später dann eine Schar Kinder, die liebevoll

umsorgt und behütet aufwuchsen, und natürlich eine junge Frau, die das alles zu schätzen wusste. Die ihrem Mann vertraute, ihm jeden sexuellen Wunsch von den Augen ablas und über eine gute berufliche Ausbildung verfügte, damit sie auch etwas zum luxuriösen Lebensstil beitragen konnte und nicht das Gefühl hatte, von ihrem Mann abhängig zu sein. Das waren seine Worte, die in Sophies Ohren so schön vernünftig klangen und in ihr das Gefühl bestärkten, in Achmed einen Traumprinzen gefunden zu haben, der es sogar geschafft hatte, ihre argwöhnische Mutter für sich zu gewinnen. Sie war bereit, alles für ihn zu tun. Aber sie ahnte nicht, welche fatale Konsequenz ihr blindes Vertrauen nach sich zog. Sie ahnte nicht das bestialische Martyrium, das vor ihr lag. Zumindest nicht an jenem Tag, zu jener Zeit, als sie neben ihm im Auto saß, als er endlich diesen jämmerlichen Rappgesang leiser drehte, weil er ihr einen Gefallen tun wollte, und dabei versöhnlich ihre Hand drückte.
„Bitte, fahr nicht so schnell, ich habe Angst, du bringst uns um“, flehte Sophie kleinlaut, während sie sich tiefer in ihren Sitz drückte.
„Wir sind spät dran“, erwiderte Achmed unbeeindruckt und drückte aufs Gas.
„Die Tachonadel zeigte eine Geschwindigkeit von nunmehr 210 km/h an. Achmed klopfte mit der

Hand aufs Lenkrad und stieß einen jubelnden Schrei aus. „Ist das geil oder ist das geil, wie die Karre abgeht!"
„Pass auf", schrie Sophie schreckentstellt, „da vorn kommt eine scharfe Kurve!"
Geistesgegenwärtig schloss sie die Augen und hielt sich zusätzlich die Hände vors Gesicht. Sie bekam mit, wie Achmed auf die Bremse stieg, hörte das Quietschen, bekam mit, wie der Wagen ins Schlingern geriet, wie er sich einmal um die eigene Achse drehte, hörte ihren Freund auf Arabisch fluchen. Sophie war sich in diesem Moment sicher, dass der Wagen von der Fahrbahn geriet. Sie rechnete damit, dass der Wagen gleich die unbegrenzte Böschung herunterschießen würde, dass sie sich überschlagen und vielleicht sogar sterben werden. Gemeinsam zu Tode kommen. Ein Gedanke, der sie noch nicht einmal erschreckte. Sie liebte Achmed abgöttisch, mit ihm gemeinsam zu sterben fühlte sich für sie richtig und wahrhaftig an.
„Aber bitte, bitte, lieber Gott, nicht jetzt!"
Sie schrie den letzten Gedanken aus sich heraus. Der Wagen kam plötzlich zum Stehen, Achmed hatte den Kopf aufs Lenkrad gestützt.
„Scheiße", flüsterte er geschockt, „Scheiße, das war knapp." Er klopfte beruhigend aufs Lenkrad,

als handle es sich dabei um ein Pferd, das ihm durchgegangen ist. Dann wandte er sich Sophie zu, die mit aufgerissenen Augen die Windschutzscheibe anstarrte.
„Alles in Ordnung, Prinzessin?“, fragte er und berührte ihre Schulter.
„Alles in Ordnung“, erwiderte Sophie schluckend.
Achmed nahm eine kleine Flasche Wasser aus der Ablage und reichte sie seiner Freundin.
„Trink das!“
Während sie trank, warf er einen flüchtigen Blick auf seine Armbanduhr. Er wirkte ungeduldig.
„Musst du noch mal pinkeln, wenn ja, dann erledige das jetzt, wir haben dann nämlich keine Zeit mehr.“
Sophie schüttelte den Kopf.
„Ist alles okay?“, hakte er noch mal nach und streichelte ihr über ihr blass gewordenes Gesicht.
„Versprich mir, dass du jetzt vernünftig fährst“, entgegnete sie aufgeräumt.
„Und du versprich mir, dass du heute deine Sache gut machst. Wenn wir dort ankommen, ziehst du dich um, die Sachen sind in der Plastiktüte. Alles andere haben wir ja besprochen. In spätestens zwei Stunden ist der Zirkus vorbei, dann kann ich dich pünktlich zu Hause abliefern.“
„Ich hab trotzdem ein mulmiges Gefühl“, erwiderte Sophie.

„Wo fahren wir eigentlich genau hin?“
„In eine abgelegene Kiesgrube, kennt kein Mensch, ein idealer Platz.“
„Und für was sind die komischen Fackeln?“ Sophie deutete auf den Rücksitz.
„Die sind fürs Drumherum. Stell dir die Kiesgrube als Theaterbühne vor, muss ja alles stimmungsvoll wirken, die Typen zahlen schließlich saugut für deinen Auftritt. Für die Kohle muss ich bei meinem Vater drei Monate lang rackern, was du jetzt innerhalb von ein paar Minuten verdienen kannst.“
„Vorhin hast du von zwei Stunden geredet“, verbesserte sie ihn.
„Das hängt letztendlich von dir ab, Prinzessin, von deinem schauspielerischen Talent, es liegt alles in deiner Hand.“
„Ich weiß nicht, ob ich das schaffe“, schränkte Sophie ein. „Wieso? Warum stellst du dich plötzlich so an, du bist doch keine Mimose, du hast doch gesagt, dass du in einer Theatergruppe mitspielst, das kann doch nicht so schwer sein?“, regte sich Achmed auf.
„Dort spiele ich das Gretchen in Goethes Faust.“ Sie lächelte abwesend und blickte zum Seitenfenster hinaus. „Ja, du hast recht, das passt sogar, der alte Mann verführt das naive Mädchen, raubt ihr die Unschuld, schwängert sie, das Mädchen bringt dann das Kind um und wird

anschließend zum Tode verurteilt … eine Tragödie."
„Schwachsinn, welcher Irre denkt sich so einen Scheiß aus?", entgegnete Achmed ungehalten. „Du bist kein naives Mädchen und dich wird auch niemand schwängern und einen Kopf kürzer wirst du auch nicht gemacht. Hast du dieses komische Buch bei dir?"
„Ja, warum? Das ist in meiner Schultasche."
„Dann nimm es als Ausstattung, damit du irgendwas zu tun hast und nicht nur blöd rumsitzt."
„Gute Idee", pflichtete Sophie bei, „und wie gehts dann weiter?"
„Scheiße, hab ich dir doch schon erklärt. Noch mal: Du trägst das weiße Kleid, sitzt also auf einem Stein und liest in deinem Schulbuch, du blickst dich ängstlich um, weil du was gehört hast, siehst aber nichts, liest also weiter, dann packt dich plötzlich eine Hand von hinten, du erschrickst, schreist, rennst weg, stolperst, irgendwie so, es muss eben drastisch wirken …"
„Du meinst dramatisch", verbesserte Sophie.
„Genau, irgendwann kannst du dich nicht mehr wehren und der Typ reißt dir das Kleid vom Leib und versucht dich zu nehmen, aber nur so zum Spaß, dann kommen die anderen drei Typen hinzu und halten dich fest und tun dann so, als würden sie dich … also, wie gesagt, jetzt frag mir

keine Löcher in den Bauch, schrei halt, du darfst auch beißen und kratzen, aber nicht so fest, nicht dass die Typen dann hinterher ins Krankenhaus eingeliefert werden müssen, das sind alles reiche Knacker, die auf junge Mädchen stehen. Hast du das jetzt kapiert?“
Sophie nickte. „Schon irgendwie krank, das Ganze.“
Achmed grinste schelmisch. „Gut, dass es solche Idioten gibt, das bringt uns finanziell weiter, Prinzessin, du weißt, ich gebe die Kohle nicht einfach so aus, sondern leg sie zur Seite … für unser Traumhaus.“
„Und wo bist du in der Zeit?“, bohrte sie weiter.
„Ich pass auf dich auf, ist doch klar, filme das Ganze …“ Er kratzte sich am Kopf. „Also zur Sicherheit, verstehst du, falls was passieren sollte, dann … ja also dann könnte ich die Typen erpr … äh, anzeigen, aber da passiert nichts, das sind alles Schisshasen, Weicheier, vertrau mir. Wenn sich einer von denen nicht ans Drehbuch hält, dem schlag ich den Schädel ein.“
Achmed lenkte seinen Wagen in einen unscheinbaren Feldweg hinein. Einige Zeit lang holperten sie über unwegsames Gelände, bis sie die Kiesgrube erreicht hatten. Sophie blickte neugierig zum Fenster hinaus. In etwa zehn Meter Entfernung konnte sie einige Autos erkennen.

Mehrere SUV der Luxusklasse.
„Gaff nicht so neugierig, die Typen wollen echt nicht erkannt werden“, wies sie Achmed zurecht und parkte seinen Wagen etwas weiter weg.
„Du ziehst dich jetzt schon mal um“, sagte er, während er die Fackeln vom Rücksitz fischte.
Sophie gehorchte. Sie schnappte sich die Plastiktüte, die auf dem Rücksitz lag, schlüpfte aus ihren Sachen und streifte sich das Kleid aus weißer Spitze über. Sie zog die weißen Socken und die dazugehörigen Ballerinas über, ihre Haare flocht sie zu zwei Zöpfen. Als sie fertig war, betrachtete sie sich im Seitenspiegel.
„Oh Gott, ich seh aus wie zwölf“, flüsterte sie und verzog ihre Mundwinkel zu einer Schnute.
Anschließend setzte sie sich ins Auto und wartete auf Achmed, der bereits im Anmarsch war und einen braunen Umschlag in der Hand hielt.
„Alles hat gut geklappt, die haben die Kohle bezahlt“, sagte er, als er in den Wagenfond stieg.
„Wie viel?“, wollte sie wissen.
„Zwanzigtausend“, er grinste, zeigte ihr die Scheine und legte den Umschlag anschließend ins Handschuhfach.
„Wahnsinn, so viel Geld für fast nichts!“, freute sich Sophie und klatschte in die Hände.
„Also los jetzt, bringen wirs hinter uns“, befahl Achmed und küsste Sophie auf den Mund.

„Ich vertrau dir, sei nicht zickig, beweis dein schauspielerisches Talent, High five!"
Beide erhoben die Hand und klatschten ab.

Um die Kiesgrube zu erreichen, musste Sophie einen Abhang hinablaufen. Sie kam ins Straucheln, fiel auf den Hintern und rutschte dann die steile Böschung hinab. Nun konnte sie den Schauplatz in Augenschein nehmen. Sie sah die brennenden Fackeln, die in einem Radius von etwa zehn Metern um einen länglichen Findling gruppiert waren. Der Ort wirkte atmosphärisch, eine Art Mondlandschaft, wenn da nicht das lautstarke Quaken der Frösche wäre.
Sie schlurfte durch den Sand Richtung Stein, während sie sich suchend umschaute, konnte aber nicht viel erkennen, da die Dämmerung bereits eingesetzt hatte. Die Fackeln spendeten den einzigen Lichtschein. Wie vereinbart, setzte sie sich auf den Stein, klopfte den Sand von ihrem Kleid und nahm das mitgebrachte Heftchen in ihre Hand. Noch einmal blickte sie sich um, sie erwartete irgendein Zeichen, dass das Schauspiel nun beginnen würde. Aber da war niemand, der „Action" rief oder sie sonst wie aufforderte. Sie richtete ihr Augenmerk auf ihr Buch, schlug eine x-beliebige Seite auf, ohne sich wirklich auf die Zeilen konzentrieren zu können. Sie wirkte

unruhig, sie hatte das Gefühl, dass sich jemand in ihrer Nähe aufhielt. Glaubte, jemanden atmen zu hören. Ihr Puls beschleunigte sich. Schlagartig hielt sie die Luft an, als sie eine Hand auf ihrer Schulter spürte. Sie spähte seitlich auf die schwarz behandschuhte Hand, die wie eine Pranke auf ihrer schmächtigen Schulter lag. Sie stieß einen erschreckten Schrei hervor, der gar nicht mal gespielt war. Dann ließ sie ihren Blick im Zeitlupentempo nach oben schweifen, sah eine kräftige, in schwarze Lederklamotten gekleidete Männergestalt. In Brusthöhe seines Lederoberteils prangte ein roter Stern. Der Kerl wirkte durch seine Körpergröße monströs und Angst einflößend. Sein Gesicht war hinter einer Ledermaske versteckt, so wie sie Leute aus der Sadomaso-Szene trugen. Lediglich die Augen und der Mund waren durch die Maske zu erkennen. Ihr Blick blieb an seiner Lederhose hängen, die an die Beinbekleidung der Cowboys im Wilden Westen erinnerte. Nur mit dem Unterschied, dass die Hose des Fremden aus schwarzem Latex bestand und er lediglich einen Tangaslip darunter trug. Sophie fühlte sich unwohl, ihr Herz raste, dennoch versuchte sie die Nerven zu behalten. Der kräftige Kerl sah aus wie eine Bestie.

„Alles nur ein Spiel, alles nur ein Spiel, du musst mitspielen“, redete sie sich gut zu.

„Guten Abend, du schönes Kind", sagte der Mann. Seine Stimme klang tief, aber nicht echt, sondern heimtückisch. „Darf ich mich zu dir setzen?"
Sophie krächzte ein „Ja" hervor und rutschte instinktiv etwas zur Seite. Sie hatte ihre Beine eng aneinander-gedrückt, während sie das kleine Büchlein wie ein Schutzschild vor ihre Brust hielt. Der Kerl korrigierte Sophies Abstand. Er rückte so nah an sie heran, dass sie nicht nur seinen zwiebelgetränkten Atem, sondern auch seine Erregung riechen konnte. Sie starrte geradeaus, fixierte eine lodernde Fackel, als sie bemerkte, dass der Kerl sich mit obszöner Geste in den Schritt fasste. Sie empfand Ekel und wollte einfach nur weg.
„Was liest du da, meine Kleine", fragte er und fingerte nach Sophies Buch. Er gab ein erstauntes „Oh" von sich und warf das Buch kurzerhand in den Sand.
„Soll ich dich Gretchen nennen?" Er grinste abwertend und leckte sich über die Lippen und ließ seine Zunge anzüglich kreisen.
„Wenn du willst", erwiderte Sophie, gleichgültig spielend.
„Bist du auch wirklich noch Jungfrau?", raunte ihr der Kerl ins Ohr, während er seine Pranke auf Sophies Bein legte. „Man hat mir nämlich eine versprochen."

Sophie wehrte seine Hand ab. „Ja, das bin ich“, erwiderte sie schmallippig, „und ich würde Sie bitten, mich dementsprechend mit Respekt zu behandeln.“
Im gleichen Moment fragte sie sich, ob sie jetzt nicht unangemessen reagiert hatte. Sollte sie nicht lieber die Schüchterne spielen, an ihren Zöpfen drehen und das fette Monster neben sich ehrfurchtsvoll anblinzeln? War das nicht angebrachter? War das so schwer? Wäre das nicht die klügere Einleitung für das Spiel gewesen, um alles reibungslos und vor allem schnell hinter sich zu bringen?
Sie räusperte sich und war gerade im Begriff, ihre Abneigung zu korrigieren. Aber der Kerl machte ihr einen Strich durch die Rechnung.
„Du kannst mir viel erzählen“, entgegnete er mit erregter Stimme. „Das musst du mir erst mal beweisen, komm, mach deine Beinchen breit, ich werde dann mit meinem Finger den Wahrheitsgehalt deiner Aussage überprüfen.“
Der Fremde fasste Sophie mit einer unvermittelten Handbewegung zwischen die Beine. Gerade noch rechtzeitig gelang es ihr, seine aufdringliche Attacke abzuschmettern. Sie schlug seinen Arm beiseite, richtete sich schnell auf und stolperte wie ein neugeborenes Kalb davon, dabei fiel sie über einen langen Ast, der wie hin-drapiert im Sand lag,

als gehöre er zur Ausstattung. Sophie versuchte sich aufzurappeln, blickte sich in ängstlicher Erwartung um, sah den Kerl, der breitbeinig hinter ihr stand und lauernd auf sie herabblickte. Gemächlich stapfte er einige Schritte auf sie zu. Sophie versuchte sich rückwärts von ihm weg zu bewegen. Der Kerl folgte ihr. Es war offensichtlich, dass er Sophies bedrohliche Lage auskostete. Plötzlich stand er breitbeinig direkt über ihr und drückte mit der Stiefelspitze ihren Kopf in den Sand.
„Hast du Angst vor mir, meine Kleine?“, fragte er, während er einen ihrer Zöpfe in die Hand nahm und sich zu ihr herabbeugte. Sophie starrte ihn ängstlich an, versuchte ihren Zopf aus seiner Hand zu reißen und robbte rückwärts. Der Kerl lachte laut auf, folgte ihr. Als sie sich blitzartig aufraffte und weglaufen wollte, packte er sie an beiden Zöpfen, zog sie rückwärts zu sich heran. Wickelte die beiden Zöpfe um seine Handgelenke und drehte ihren Kopf gewaltsam in seine Richtung. „Du bist ein widerspenstiges Mädchen, das gefällt mir, aber trotzdem werde ich dich gleich ficken, ich habe einen riesigen Schwanz, so einen wie meinen wirst du nie wieder in deinem Leben zu spüren bekommen. Fühl mal.“
Der Kerl führte Sophies Hand in seinen Schritt. Sie spürte seinen pummligen kleinen Schwanz, seine

Erektion, zuckte mit der Hand wie elektrisiert zurück und versuchte sich nun mit all ihren Kräften aus seiner Umklammerung zu befreien. Aber der Kerl hielt sie fest, drückte sie an sich, zog sie nach oben, sodass sie nicht mehr den Boden unter ihren Füßen spüren konnte. Sie strampelte, schrie und zwickte ihn in die Hände, aber es gelang ihr nicht, sich aus seiner Gewalt zu befreien.
„Lass mich los!", schrie sie aus voller Kehle, während der Kerl sich prächtig amüsierte. Plötzlich ließ er sie wieder zu Boden.
„Na, dann lauf, meine Kleine, lauf, spielen wir ein bisschen Fangen, wenn du Spaß dran hast."
Das ließ sich Sophie nicht zweimal sagen. Sie hastete davon. Zehn Meter. Dann blieb sie wie angewurzelt stehen. Wie aus den Nichts tauchten zwei weitere Gestalten auf, die maskiert waren. Von Panik ergriffen, wandte sie sich ab, um in die entgegengesetzte Richtung zu fliehen, aber auch da wurde ihr der Weg versperrt. Sie zählte vier Männer, die sie langsam umzingelten. Sie drehte sich um die eigene Achse, um die Gestalten im Auge zu behalten. „Lasst mich in Ruhe, ich rufe sonst meinen Freund!", schrie sie die Männer verzweifelt an. Dabei merkte sie selbst, dass ihre Worte nicht überzeugend klangen.
Für sie war das kein Spiel mehr, zumindest keins, das sie weiter spielen wollte. Sie würde jetzt sofort

abrechen, auch auf die Gefahr hin, dass Achmed dann auf sie wütend sein würde, weil er den Kerlen das Geld wieder zurückgeben musste. Aber vielleicht würde er sie auch verstehen. „Ganz sicher würde er das“, dachte sie, während die Kerle den Kreis um sie herum minimierten, sie kamen immer näher, bis sie dicht neben ihr standen und sie mit dem Arm berühren konnten. Sie wurde hin- und hergeschubst. Erst ganz sachte, dann wurden die Stöße immer aggressiver, sodass Sophie ihre Bewegungen nicht mehr unter Kontrolle hatte und wie eine Strohpuppe von einem Kerl zum nächsten flog. Einer hielt sie länger fest, versuchte sie zu küssen, ein anderer knetete ihre Brüste, der nächste griff ihr unter das Kleid, hangelte sich mit seiner behandschuhten Hand in ihr Höschen. Sophie war außer Atem. Immer wieder schrie sie den Namen ihres Freundes. Warum hörte er sie nicht? Mittlerweile war sie dermaßen aus der Puste, dass sie keinen Ton mehr herausbrachte. Keuchend brach sie zusammen, kniete im Sand, die vier Gestalten standen dicht gedrängt um sie herum. Sie blickte empor, faltete sogar die Hände wie zum Gebet.

„Bitte“, flehte sie, „bitte, ich will nicht mehr, das ist nichts für mich, bitte, lasst mich gehen.“

Die Fremden reagierten nicht, sondern blickten auf

sie herab wie Fischer, denen ein prähistorischer Fang ins Netz gegangen ist. Sophie mobilisierte ihre letzte Kraft und versuchte auf allen vieren zu entkommen. Sie wurde an ihren Beinen wieder zurückgeschleift. Sie begann zu wimmern, wand sich wie ein Fisch auf dem Trockenen. Es waren zu viele Hände, die nach ihr grapschten, die sie versuchte mit Bissen und Kratzattacken abzuwehren. Natürlich war alles sinnlos, das bekam sie ein paar Schrecksekunden später schmerzhaft zu spüren, als ihr die Arme gnadenlos über den Kopf verschränkt wurden, sich ein schwergewichtiger Mann auf ihre Handgelenke kniete, sie so fixierte und ihre Schreie durch einen Knebel, den man ihr gewaltsam in den Mund stopfte, verstummten. Ihre Augen vor Todesangst aufgerissen, nahm sie wahr, wie ihr die Beine mit brachialer Gewalt gespreizt wurden. Die dadurch verursachten Schmerzen waren das Startsignal einer grausamen Tortur. Jetzt wurden ihr das Kleid und ihre Unterhose vom Leib gerissen. Ihr nackter Körper zitterte und pulsierte vor Angst und Panik. Ein Anblick, der die Schänder in höchste Erregung versetzte, aber nur einer, und zwar der Auserwählte, durfte sich als Erster an ihr vergehen. Der Kerl mit dem roten Stern auf der Brust hatte das Vorrecht. Er hatte schließlich für

die vermeintliche Jungfrau bezahlt. Ob sie es tatsächlich noch ist, würde er jetzt herausfinden. Die Gier, mit der er den nackten jungen Körper betrachtete, schien ihm förmlich aus den Augen zu tropfen. Schwer atmend stützte er sich über sein Opfer, weidete sich an ihrer Angst, die sich in ihren Augen widerspiegelte, griff mit seinen Händen nach ihren Brüsten, knetete sie, während er ungehemmt aufstöhnte. Als er die linke Brustwarze in den Mund nahm, wie ein Säugling an der Mutterbrust sog, bäumte sich Sophie auf. Sie nahm das geräuschvolle Schmatzen wahr, dann den akuten Biss. Der zugefügte Schmerz schoss ihr wie ein elektrischer Schlag durch den ganzen Körper. Wie erstarrt lag sie da, ihre weit aufgerissenen Augen gen Himmel gerichtet. Sie hörte, wie ihre Schläfen pulsierten, wie ihr Herz raste, sie hatte den Zenit ihrer Schmerzerträglichkeit erreicht, dass es noch eine Steigerung gab, daran glaubte sie nicht. Sophie sollte sich täuschen.
„Na los, nun mach schon!“, wurde der Kerl mit dem roten Stern aufgefordert. „Fick sie endlich, die Jungfrau gehört dir.“
Sophie hatte den Satz zwar verstanden, aber war außer-stande, die Aufforderung auch zu begreifen. Sie war sich sicher, dass die Kerle ihr nur Angst machen wollten. Nie im Leben würde das Monster

es wagen, sie zu schänden, zu vergewaltigen, ihr die Unschuld zu rauben, die Achmed hoch und heilig ist. Achmed würde den Kerl totprügeln, wenn er das wagen würde. Wieder versuchte sie sich zu wehren, ein zweckloses Unterfangen, das lediglich dazu führte, dem Monster richtig einzuheizen. Sie kniff die Augen zu, wandte ihr Gesicht angewidert zur Seite, als er ihr seinen steifen Penis vors Gesicht hielt. „Den werde ich dir jetzt verbraten."
Ihr wurde schlagartig schlecht, sie würgte, um den aufkommenden Brechreiz zu unterbinden. Was blieb, war ein Wimmern und die grausame Erkenntnis, dass sie diesen Bestien hilflos ausgeliefert war.
Der Kerl legte sich auf ihren Körper, stützte sich auf den linken Ellenbogen, mit der rechten Hand hielt er sie am Kinn fest. „Schau mir in die Augen!", befahl er, als er mit brutaler Gewalt in sie eindrang. Einmal, zweimal stieß er rücksichtslos zu, die Schmerzen, die er Sophie damit zufügte, versetzten ihn in einen Rausch der Ekstase, die nach etwa einer Minute ihr Ende fand. Schwer keuchend, ließ er sich mit seinem Körpergewicht auf Sophie fallen, die sich nicht mehr bewegte, sondern wie tot dalag. Ihre Augen waren weit geöffnet und starr zum Himmel gerichtet. Sie atmete noch, kaum spürbar, aber sie lebte. Das

stellten die anderen drei Kerle erleichtert fest.
„Die war tatsächlich noch Jungfrau“, ertönte die Stimme des Schänders. „Schaut her!“
Er griff sich demonstrativ an seinen Penis. „Meine Hand ist blutig. Jetzt seid ihr dran.“
Als sich die nächste Bestie an Sophie verging, lag sie immer noch bewegungslos da. Sie spürte den stechenden Schmerz, aber sie empfand diese Qual nicht mehr so schlimm. Sie lag einfach nur da, während ihr die bittere Erkenntnis, dass Achmed sie bewusst in eine Falle gelockt hatte, die Tränen in die Augen trieb. Er hatte ihre Unschuld an den Meistbietenden verkauft, sie heimtückisch hintergangen, sie zum Abschuss freigegeben. Das zu verarbeiten tat mehr weh als diese Massenvergewaltigung. So empfand sie es zumindest in diesem Moment der Pein.
Sie wollte die Augen schon schließen, mit sich und der Welt abschließen, als sie plötzlich einen Schatten wahrnahm, dann Hände, die versuchten ihren Vergewaltiger am Kopf zu packen, um ihn von ihr runterzuzerren. Sie erkannte Achmeds Stimme. Sie nahm seine panischen Schreie wahr, die nichts Menschliches mehr an sich hatten, sondern an ein wildes Tier erinnerten, das in ein Fangeisen geraten war. Achmed gelang es jedoch nicht, Sophie zu befreien. Einer der Männer griff nach dem Ast, der neben dem Stein lag, und

schlug ihm damit auf den Kopf. Sophie nahm einen erstickten Schrei wahr, kurz danach hörte sie nur noch das röchelnde Keuchen ihres Schänders, der immer noch auf ihr lag und sich abmühte, bis er unwirsch am Arm gepackt und von Sophie heruntergezogen wurde. Der Nächste, der sich an ihr verging, benötigte nur ein paar Wimpernschläge, bis er mit einem brachialen Stöhnen zum Höhepunkt kam. Sophie hätte nicht sagen können, wie lange sich die Tortur hinzog, wie oft und wie viele Kerle sich an ihr vergingen und ob sie jemals wieder gesund werden würde. Sie hatte jegliches Zeitgefühl verloren. Ihr Unterleib fühlte sich an wie eine Wunde, die nie mehr verheilen würde. Dennoch hatte sich Achmeds Befreiungsversuch in ihr Gedächtnis gebrannt. Er wollte sie retten. Ein Zeichen dafür, dass alles aus dem Ruder gelaufen war, dass es nicht seine Schuld war. Er hatte sie nicht diesen Bestien absichtlich zum Fraß vorgeworfen. Die Bestien sind einfach durchgedreht, haben sich nicht an die Abmachungen gehalten.
Als alles ganz still um sie geworden war, richtete sie sich langsam auf und blickte in die Dunkelheit. „Achmed“, rief sie schluchzend. Im Schein der Fackeln konnte sie die Umrisse von etwas Schwarzem erkennen. „Achmed, bist du das?“, flüsterte sie benommen. Als sie sich aufrichten

wollte, zuckte sie schmerzverzerrt zusammen. Sie griff sich an den Unterleib, verspürte ein Ziehen, sie griff sich zwischen die Beine, alles war feucht, eine Mischung von Blut und Sperma. Sie brach wieder zusammen, verharrte ein paar Minuten, versuchte kontinuierlich zu atmen, während sie ängstlich auf den im Sand liegenden Mann starrte.
„Achmed“, wimmerte sie.
Auf allen vieren kroch sie auf ihn zu. Sie hatte Angst, dass Achmed nicht mehr lebte. Diese Vorstellung raubte ihr beinahe den Verstand. Sie konnte und wollte nicht ohne ihn leben.
„Bitte, lieber Gott, lass ihn leben“, winselte sie mit tränenerstickter Stimme.
In diesem Moment war Sophie für alles bereit. Hauptsache, Achmed lebte. Diese Hoffnung war dermaßen stark, dass sie sogar ihre Schmerzen ausklinken konnte.
Mit der Hand berührte sie seinen Kopf. Sie spürte Feuchtigkeit an ihrer Hand. Blut. Sein Kopf und sein Gesicht waren mir Blut besudelt, es war dermaßen viel, dass Sophie glaubte, dass Achmed an seinen Verletzungen bereits verblutet war. Dass es sich dabei nur um Theaterblut handelte und sein Verteidigungsversuch abgesprochen war, darauf wäre Sophie natürlich nie gekommen. Für sie sah alles echt aus, Achmed war brutal niedergeknüppelt worden, als

er seiner Prinzessin helfen wollte. Eine andere Erklärung wäre ihr überhaupt nicht in den Sinn gekommen. So kniete sie völlig aufgelöst vor ihrem Liebsten, der sich immer noch nicht bewegte. Weinend streichelte sie ihm über seinen Kopf und flüsterte immer wieder seinen Namen. In ihrer Verzweiflung versuchte sie sogar, ihn wiederzubeleben, drückte ihre Hand fachmännisch auf seine Brust, führte eine Mund-zu-Mund-Beatmung durch, aber alles schien vergebens. Achmed gab kein Lebenszeichen von sich. Sie musste Hilfe holen, einen Notarztwagen. Ein Gedanke, der ihr das Adrenalin durch ihre Adern jagte und ihre eigenen Schmerzen übertünchte. Sie raffte sich auf, wollte zum Auto eilen, als ihr Fußgelenk fest umklammert wurde. Ein markerschütternder Schrei hallte durch die Nacht. Sophie fiel zu Boden.

„Sophie“, keuchte Achmed geschwächt, „meine Prinzessin, du darfst mich nicht allein lassen.“

„Fassungslos und erleichtert warf sie sich in den Sand, beugte sie sich über ihn, bettete seinen Kopf auf ihren Schoß und schluchzte vor Dankbarkeit. Sie hätte in diesen Moment die ganze Welt umarmen können.

„Wie geht es dir, hast du Schmerzen, oh Gott, ich bin so froh, dass du lebst … ich rufe Hilfe … den Notarzt“, flüsterte sie gehetzt.

„Bleib!“, befahl Achmed gefasst, während er versuchte sich aufzurichten. „Es geht schon, ist bestimmt nichts Schlimmes, sieht nur so aus.“
„Aber du hast viel Blut verloren, du brauchst einen Arzt“, beharrte Sophie. „Und die Polizei müssen wir auch rufen, die Schweine haben uns missbraucht, wir müssen Anzeige erstatten.“
„Wer hat dir denn ins Hirn geschissen“, flüsterte Achmed abwertend und schüttelte den Kopf.
„Aber …“
„Nichts, aber“, unterbrach er sie wirsch. „Wir können doch nicht die Bullen rufen, was willst du denen denn erzählen? Die Wahrheit? So dumm kannst du doch nicht sein?“
„Aber die haben mich vergewaltigt, die haben mich geschändet, mir meine Unschuld geraubt, die müssen bestraft werden“, begehrte Sophie mit hysterischer Stimme auf.
„Ach, willst du, dass die Bullen dir einen Besuch in deiner Schule abstatten, willst du, dass deine Mutter alles erfährt, willst du, dass die mich wegsperren, willst du, dass die Medien sich auf dich stürzen … willst du alles kaputt machen, mich ruinieren … unsere Zukunft in den Sand setzen! Willst du das wirklich? Dann ruf an!“
Achmed hielt sich mit der Hand am Kopf, verzog leidgeplagt das Gesicht, während er, schwerfällig spielend, sein Handy aus der Hose hangelte und

es in den Sand warf.
Sophie saß niedergeschlagen neben ihm und weinte.
„Du hast ja recht, aber die müssen doch bestraft werden."
„Da gibts andere Möglichkeiten", beruhigte Achmed, während er Sophie in seine Arme nahm und sie hin und her wiegte. „Ich habe ja alles gefilmt, als Beweis, wir könnten sie erpressen und dann müssen die Schweine bluten, aber so richtig."
„Aber was ist mit mir?" Sophie blickte ihren Freund mit tränenverschleierten Augen an. „Ich bin jetzt keine Jungfrau mehr, sie haben mir alles genommen, etwas, das doch dir gehörte, wirst du mich unter diesen Umständen noch lieben?"
„Blödsinn", regte sich Achmed auf. „Du konntest doch nichts dafür. Oder …"
„Oder was?" Sophie blickte ihn fragend an.
„Ich weiß nicht, in unseren Kreisen gibt es da so eine Behauptung, und zwar, dass man eine Frau gar nicht richtig vergewaltigen kann … also, wenn sie sich vernünftig wehrt … ich meine, nicht dass du mich jetzt falsch verstehst …"
„Was redest du da!" Sophie war außer sich, konnte nicht glauben, was sie da zu hören bekam. „Ich habe mich gewehrt, mit all meiner Kraft, es waren vier Kerle, die mich festgehalten haben, ich

hatte null Chance."
„Schwamm drüber, ich liebe dich trotzdem, auch wenn du keine Jungfrau mehr bist, vielleicht hat das sein Gutes. Wir müssen jetzt nur zusammenhalten, niemand darf etwas erfahren, hörst du? Wenn du irgendjemandem was erzählst, dann …"
„Was dann?", unterbrach Sophie.
„Dann wirst du mich kennenlernen, dann muss ich dir leider wehtun. Lass es also nicht drauf ankommen."
Er wandte sich Sophie mit zusammengekniffenen Augen zu und fixierte ihre Augen. „Schwöre!"
„Ja, ich schwöre, ich werde niemandem was erzählen, wenn du das so willst, natürlich, ich tu alles, was du willst", versicherte sie ihm mit treu ergebener Miene.
„Ich nehme dich beim Wort, du weißt, ohne mich bist du ein Nichts, du wärst verloren, du hast sonst niemanden mehr auf dieser Welt, der sich um dich sorgt. Du bist die Tochter einer alkoholsüchtigen, psychisch kranken Mutter und eines Vaters, der eine Geliebte hat. Deinen Eltern bist du scheißegal. Deine Freundin hat sich als hinterhältige, sexgierige Schlampe entlarvt, wollte dir den Freund ausspannen … du hast niemanden außer mir, und das ist auch gut so, du brauchst niemanden, ich allein gebe dir Halt, ich allein

bestimme über dein Leben, ich bin dein Aufpasser, der einzige Mensch auf dieser bekackten Welt, der dich wirklich liebt. Wir allein gegen den Rest der Welt. Klar?“

„Ja, wir sind beide auf uns allein gestellt“, stimmte sie zu, „und es macht dir wirklich nichts aus, dass ich jetzt keine Jungfrau mehr bin?“, hakte sie noch mal nach.

„Ich würde lügen, wenn ich sagen würde, es macht mir nichts aus“, erwiderte er geknickt, „das war ja das Einzige, was dich von den anderen Mädchen unterschieden hat, du bist jetzt quasi nichts Besonderes mehr … aber dann musst dich eben anders beweisen.“

„Wie denn? Ich will dir doch gefallen.“

„Da gibts schon Möglichkeiten, aber ich hab jetzt echt keinen Bock, darüber zu reden. Wir sollten hier verschwinden und du musst dich ausruhen … wie gehts dir eigentlich? Ich muss dich doch hoffentlich jetzt nicht noch zum Arzt kutschieren? War ja alles stressig genug heute.“

„Nein, alles soweit gut, es tut auch gar nicht mehr so weh, ich blut halt noch ein bisschen.“

„Kann ich dich jetzt also nach Hause fahren?“, bohrte Achmed hoffnungsfroh nach.

Sophie nickte.

„Und du lässt dir auch nichts anmerken, falls dich deine Mutter sieht? Nicht, dass du mich in

Schwierigkeiten bringst."
„Nein, nein, ich verspreche es. Sie wird mir nichts anmerken. Du kannst dich auf mich verlassen."
„So gefällst du mir, Prinzessin, ich bin stolz auf dich."

Es war kurz nach zehn, als Achmed Sophie vor ihrem Haus absetzte. Sie hatte sich umgezogen und nichts deutete darauf hin, dass etwas Schreckliches vorgefallen wäre. Dennoch hoffte sie inständig, dass sie ihrer Mutter nicht begegnete.
„Übrigens, morgen werde ich dich meinem Cousin Harkan vorstellen, der will dich unbedingt kennenlernen, habe ihm von dir erzählt."
„Echt?" Sophie war begeistert.

„Du bist ja fast pünktlich, mein Schatz", hörte Sophie die Stimme ihrer Mutter, als sie die Diele betrat. „Habt ihr einen schönen Abend verbracht?"
„Ja, war echt nett, wir waren wieder im Kino", beeilte sich Sophie zu antworten, während sie die Treppe zu ihrem Zimmer nach oben hastete.
„Wie hieß denn der Film?", erkundigte sich ihre Mutter und blickte zum Treppengeländer nach oben.
„... eine Komödie, hab mich fast totgelacht und jetzt habe ich Bauchschmerzen. Ich muss mich

jetzt hinlegen."
Ihre Mutter gab sich mit Sophies Auskunft erst mal zufrieden.
Fast eine halbe Stunde lang hatte Sophie geduscht, ihre Haut war gerötet vom vielen Schrubben. Jetzt saß sie sitzend unter dem Wasserstrahl und beobachtete apathisch, wie das Wasser in den Abfluss lief. Sie weinte leise vor sich hin, dachte an das Geschehene. Als sie zu zittern begann, richtete sie sich auf. Sie hatte keine Schmerzen mehr, die Bauchkrämpfe waren nicht mehr so schlimm. Sie trocknete sich sorgfältig ab, warf sich ihren Bademantel über und warf eine Schmerztablette ein. Sie lag bereits in ihrem Bett, als ihre Mutter hereinkam.
„Ich hab dir einen Tee gemacht", sagte sie und stellte den dampfenden Becher auf den Nachttisch. Anschließend setzte sie sich auf die Bettkante.
„Alles gut?"
„Ja, warum?", gab sich Sophie wortkarg.
„Und sonst? Wie läufts in der Schule?"
Ohne eine Antwort zu geben, deutete Sophie auf ihre Schultasche. „Hol mir mal den lila Hefter raus."
Ihre Mutter tat, wie ihr geheißen.
„Oh, ihr habt eure Englischarbeit zurück … und eine glatte Eins, toll", lobte sie ihre Tochter. Ihre

Mutter beugte sich über das Gesicht von Sophie und streichelte ihre Wange. Sophie konnte ihre Alkoholfahne riechen und verzog angewidert das Gesicht.

„Ich bin stolz auf dich", sagte sie.

„Das wäre ich auch auf dich, wenn du weniger trinken würdest", erwiderte Sophie und blickte Klara vorwurfsvoll an.

„Ich hab nur zwei Gläser getrunken", wehrte sie verlegen geworden ab, dann lächelte sie aufmunternd.

„Dein Freund scheint dir richtig gutzutun. Seitdem du ihn kennst, sind deine Leistungen geradezu bravourös."

„Ja, er tut mir gut, er gibt mir Antrieb, und jetzt lass mich schlafen, bin echt bratfertig.

9. Kapitel

Wie vereinbart, holte Achmed Sophie am nächsten Tag um 17 Uhr von zu Hause ab. Anschließend fuhren sie zu Achmed in seine Wohnung.

„Wir wollten doch zu deinem Cousin“, gab sich Sophie verwundert.

„Wir haben noch eine Stunde lang Zeit, die könnten wir sinnvoll nutzen, Prinzessin.“ Er nahm sie in die Arme und begann sie auffordernd zu küssen. „Ich bin so scharf auf dich“, flüsterte er ihr ins Ohr, „ich will jetzt mir dir endlich richtig zusammen sein.“

„Aber Achmed, ich hab noch Schmerzen, bitte, ich glaube, das würde mir jetzt wehtun.“

„Quatsch, du bist doch nicht aus Zucker. Du musst

dich nur entspannen, reine Kopfsache."
Mit einem Ruck hob er sie auf seine Arme und trug sie ins Schlafzimmer. Dort entkleidete er sie langsam, bis sie nackt vor ihm lag. Im Gegensatz zum letzten Mal nahm er sich nicht mehr so viel Zeit fürs Vorspiel, dennoch war Sophie trotz allem erregt. Sie umarmte ihn, drückte ihn fest an sich, küsste ihn leidenschaftlich und ließ ihren Gefühlen freien Lauf. Als er in sie eindrang, gab sie einen unterdrückten Schrei von sich.
„Entspann dich, sei locker", raunte er ihr zu.
Sie schloss die Augen und genoss seine sanften Stöße, die allmählich immer heftiger wurden. Sie vernahm sein ekstatisches Keuchen. Achmed hatte sich etwas aufgerichtet, sein durchtrainierter Oberkörper glänzte, seine Augen waren mit leidenschaftlicher Hingabe auf ihren Körper gerichtet.
„Du fühlst dich so schön eng an, als wärst du noch unberührt", flüsterte er gierig, während er sich über ihre Brüste beugte und mit seiner Zunge ihre Brustwarzen umkreiste. Sophie schloss die Augen, ihr ganzer Körper bebte vor Erregung. Sie schien zu schweben, verspürte keinerlei Schmerz, sie spürte nur das betörende Kribbeln in ihrem Unterleib, genau wie beim letzten Mal, nur noch intensiver.
„Ich kann nicht mehr", stöhnte Achmed erschöpft,

„du machst mich wahnsinnig, du melkst mich förmlich ab …“

„Sorry“, entschuldigte er sich beschämt, als sie erschöpft nebeneinander lagen, „aber ich konnte mich nicht länger zurückhalten, ich habe deine Muskeln gespürt, es war echt, als würdest du mich innerlich melken.“
Sophie schämte sich für diese Bemerkung. Zumal sie sich dieser angeblichen Technik überhaupt nicht bewusst war. Sie hatte sich einfach gehen lassen, sich nur auf Achmeds Verlangen konzentriert.
„Hat es dir Spaß gemacht?“, fragte er sie und küsste sie liebevoll auf den Mund.
„Ja, es war wunderschön … es war wie eine Explosion.“
Achmed schmunzelte triumphierend.
„Denk bloß nicht, dass das bei jedem so ist, so was erlebst du nur bei mir, ich hab da so meine Technik, verstehst du?“
Sophie war dermaßen entrückt, dass sie Achmeds These niemals infrage gestellt hätte. Natürlich lag es nur an ihm, da gab es ihrerseits absolut keinen Zweifel. Nur er war in der Lage, sie zum Höhepunkt zu bringen.
Sie umarmte ihn, schmiegte sich fest an ihn und blickte ihn anhimmelnd an. „Ich liebe dich so“,

hauchte sie ihm zu.
„Scheiße, Mann!“, begehrte Achmed auf, als er auf seine Uhr starrte. „Wir müssen los, Harkan wartet auf uns.“

„Was ist das?“, fragte Sophie, als sie vor dem Club standen, dessen rote Leuchtreklame auf ein zwielichtiges Etablissement hindeutete.
„Eine Tabledance-Bar, siehst du doch. Der Laden läuft ganz gut, bin auch dran beteiligt“, erwiderte er gleichgültig, während er mit Sophie zum Hintereingang strebte, der von einen breitschultrigen und glatzköpfigen Muskelprotz bewacht wurde.
„He, was geht ab, Mann“, begrüßte ihn Achmed mit der Gettofaust und klopfte ihm anschließend kameradschaftlich auf die Schulter. Der Muskelprotz hielt den beiden mit einem breiten Grinsen die Tür auf.
Die Tanzbar war noch nicht regulär geöffnet. Sophie blickte sich neugierig um, beäugte die leicht bekleideten Tänzerinnen, die auf einem Podest an der Stange probten und Achmed mit Handzeichen begrüßten.
Sophie fühlte sich in diesem Ambiente deplatziert, hatte das Gefühl, in Gegenwart der schönen Frauen unscheinbar zu wirken, dennoch war sie fasziniert über deren selbstbewusste erotische

Ausstrahlung.
„Komm, was gibts da zu gucken“, wurde sie von Achmed angetrieben, „das kriegst du eh nicht hin.“
„Das weißt du doch gar nicht“, protestierte Sophie empört, „man kann alles lernen.“
„Jetzt lern erst mal zu gehorchen. Dort hinten an der Bar sitzt Harkan, sei nett zu ihm.“
Die beiden Cousins begrüßten sich mit inniger Umarmung.
„Darf ich vorstellen, das ist mein Cousin Harkan und das ist Sophie, äh … meine große Liebe.“
Sophie deutete einen Knicks an und reichte ihrem Gegenüber die Hand. Harkan musterte Sophie ausgiebig, während er ungeniert weiter auf dem Streichholz herumkaute und Sophies Hand festhielt.
„Hübsch“, kommentierte er, „und vor allem jung und knackig. Du würdest gut ankommen.“
Sophie spürte, wie ihr die Schamröte ins Gesicht schoss. Erstens war ihr der eindringliche Blick von Harkan unangenehm und zweitens konnte sie mit seiner Bemerkung nichts anfangen.
„Lass mal, sie ist noch zu schüchtern“, schaltete sich Achmed entschuldigend ein.
„Stille Wasser sind tief“, bemerkte Harkan, „da hab ich so meine Erfahrungen.“ Er zwinkerte Sophie verschwörerisch zu.
„Ja, da kann man sich täuschen“, rutschte Sophie

mit einem arroganten Lächeln heraus. Ihre Antwort klang schnippisch, sodass Achmed sie erstaunt ansah.
Die beiden Männer unterhielten sich angeregt, während Sophie weiterhin neugierig das Umfeld in Augenschein nahm. Plötzlich gesellte sich ein junges Mädchen dazu. Sie musste aus den hinteren Räumlichkeiten gekommen sein. Sie trug schwarze Lackstiefel, eine schwarze Lackkorsage und war stark geschminkt, dennoch war Sophie davon überzeugt, dass das Mädchen kaum älter war als sie.
„Hi, ich bin Luise", stellte sich das Mädchen Sophie vor und reichte ihr die Hand. „Ich bin die Freundin von Harkan."
Als müsse sie den Wahrheitsgehalt ihrer Aussage untermauern, schmiegte sie sich an Harkan an und gab ihm ein Küsschen. Der erwiderte die Zärtlichkeit seiner Freundin und schloss sie besitzergreifend in seine Arme.
„Na, Kleines, wie viel hast du heute für uns abgestaubt? Warst du fleißig oder muss ich dir deinen knackigen Hintern versohlen", versuchte er zu schäkern.
„Heute liefs saugut." Luise griff in ihren Korsagenausschnitt und holte ein Bündel Scheine hervor. „In zwei Stunden 550 Kröten, da habe ich mir jetzt eine Pause verdient", erwiderte sie stolz.

Harkan nahm das Geld, zählte nach und stopfte die Scheine anschließend in seine Hosentasche. „Wenn ich dich nicht hätte, du bist ein Prachtweib, ich bin stolz auf dich.“ Dabei klatschte er Luise aufmunternd auf ihr nacktes Hinterteil. „Aber“, schränkte er plötzlich ein. „Wenn es heute so gut läuft, wieso willst du dann eine Pause machen?“, fragte er ernst, „wäre es nicht besser, wenn du deine Glückssträhne ausnutzt, ich mein, vielleicht läufts morgen nicht so gut?“ Er grinste Luise an – lauernd.
Luise wirkte sichtlich enttäuscht, ließ sich aber nichts anmerken. Sie war sehr wohl in der Lage, Harkans Andeutung richtig zu interpretieren.
„Du hast recht“, beeilte sie sich zu sagen, „ich werde
weitermachen, morgen gibst du mir dafür den ganzen Tag frei. Okay?“
„Ich liebe deine Einsicht, Kleines“, erwiderte er zufrieden. Luise verabschiedete sich kurz, dann stöckelte sie eilig wieder Richtung Treppe, die in die obige Etage in ihr Zimmer führte. Dort wartete bereits der nächste Freier auf sie.
„Das Mädchen ist einfach ein Traum“, wandte Harkan sich wieder seinen Gästen zu. „Die kapiert sofort, ohne dass man ihr erst auf die Sprünge helfen muss. Einfach entspannend.“
„Ja, du bist echt zu beneiden, Mann, die Luise ist

echt top“, pflichtete Achmed seinem Cousin bei, dabei bedachte er Sophie mit einem nachdenklichen Blick. „Na ja, man kann eben nicht alles haben.“
Diese Bemerkung traf Sophie mitten ins Herz. Sie kochte innerlich vor Wut, war eifersüchtig, konnte es nicht ertragen, dass ihr Freund ein anderes Mädchen bewunderte. Wie konnte ihr Freund sie nur so unterschätzen?

„Was die kann, kann ich auch!“, blaffte sie Achmed an.
Sie saßen wieder im Auto und Achmed starrte seine Freundin, geschockt spielend, an. „Vielleicht würde ich sogar mehr Kohle verdienen“, schob sie noch trotzig nach.
„Das glaube ich dir nicht, du bist eine Maulhure, du kannst dich nicht mit so einer Wahnsinnsfrau wie der Luise messen.“ Er schüttelte verständnislos den Kopf. „Du hast ja schon bei dem Spiel in der Kiesgrube versagt, ich mein“, schränkte er ein, „es war nicht allein deine Schuld, aber du musst doch zugeben, irgendwas hast du falsch gemacht, deinetwegen hätte ich beinahe mein Leben verloren. Das sollte dir doch nun wirklich zu denken geben.“
Achmed startete den Motor und legte Sophies Lieblingsmusik in den Player.

Nach einem sehnsuchtsvollen Seufzer ergriff er von Neuem das Wort: „Es wäre zu schön, um wahr zu sein, Prinzessin. Wenn wir in kurzer Zeit viel Geld verdienen könnten, dann würde sich unser Traum in spätestens zwei Jahren erfüllen. Dann bist du 17 und ich könnte dich heiraten und wir könnten in unser Traumhaus ziehen. Du könntest deine Liebesromane schreiben, ich würde Harkan bitten, mich auszuzahlen, könnte meine eigene Bar eröffnen und bräuchte mich nicht mehr bei meinem Vater abzurackern. Ich wäre dann mein eigener Chef."
Achmed schien in seine Gedanken versunken.
„Wo fahren wir hin?", wollte Sophie wissen.
„Kleine Überraschung."
Hand in Hand spurteten beide in die Innenstadt, Richtung Hallplatz. Vor der Boutique seiner Mutter stoppte er. Achmed wusste, dass er seine Mutter in ihrem Geschäft nicht antreffen würde, da heute ihr freier Tag war.
„Komm, ich möchte dich meiner Mutter vorstellen, ich habe ihr schon viel von dir erzählt, sie wird sich freuen, dich kennenzulernen."
„Ich weiß nicht", zierte sich Sophie verunsichert.
„Hallo allerseits", begrüßte Achmed die zwei weiblichen Angestellten. „Wo ist meine Mutter?"
„Die hat doch heute ihren freien Tag, Achmed", entgegnete eine der beiden.

Achmed mimte den Überraschten.
„Dann kommen wir ein anderes Mal wieder“, beschwichtigte Sophie.
„Nein, jetzt, wo wir schon mal hier sind, möchte ich, dass du eines der Brautkleider anprobierst, ich möchte dich als Braut sehen.“ Sophie blickte ihren Freund verwirrt an. „Als meine zukünftige Braut“, flüsterte er ihr ins Ohr.
Sophie probierte drei verschiedene Modelle an. Die beiden Verkäuferinnen erwiesen sich als nett und zuvorkommend. „Das steht dir ausgezeichnet“, gab sich Achmed begeistert. Sophie trug ein wallendes Brautkleid aus cremefarbenem Satin mit einer langen Schleppe.
„Sie sehen aus wie eine echte Prinzessin“, bemerkte die Verkäuferin entzückt, als sich Sophie vor dem großen goldenen Spiegel drehte, während Achmed sie dabei fotografierte.
„Das Kleid ist wunderschön“, schwärmte Sophie sichtlich überwältigt.
„Was kostet das Teil denn?“, wollte Achmed wissen.
„Dreitausendsiebenhundert“, antwortete die Verkäuferin, „eins unserer schönsten Modelle.“
„Ich werde es dir kaufen, wenn die Zeit reif ist, meine Prinzessin, ich verspreche es dir“, flüsterte ihr Achmed zu, ohne dass es die Angestellten hören konnten.

Während sich Sophie wieder in der Umkleidekabine umzog, wandte sich Achmed den beiden Verkäuferinnen zu.
„Der Besuch bleibt unter uns, kein Wort zu meiner Mutter, ist das klar?“ Die beiden Verkäuferinnen nickten konspirativ.
„Das ist für die Kaffeekasse“, fuhr er fort und drückte einer der beiden einen Zwanzig-Euro-Schein in die Hand.
Als Achmed mit Sophie das Geschäft verließ, fühlte er sich in seinem Tun bestätigt, Sophie nun endlich überrumpelt zu haben. Ab jetzt war sie fällig. Die Flause, die er ihr jetzt in den Kopf gesetzt hatte, reichte seiner Meinung nach aus, dass sie ihm in Zukunft aus der Hand frisst.
So verkniff er sich ein siegreiches Grinsen, als Sophie bereits im Auto auf seine arrangierte Show reagierte.
„Danke“, sagte sie, „ich sehne den Tag herbei, an dem ich dieses Kleid tragen darf.“
„Von nichts kommt nichts“, antwortete er prompt.
Für ein paar Sekunden herrschte Funkstille.
„Ich bin bereit. Das, was die Luise kann, kann ich auch. Sag mir einfach, was zu tun ist“, forderte sie ihn mit ungewohnt konsequentem Tonfall auf. „Für unsere Liebe und unsere Zukunft bin ich bereit, meinen Beitrag zu leisten.“
„Okaaaay“, entgegnete er lang gezogen. „Wir

fahren jetzt in eine andere Boutique, dort müssen wir dir Klamotten kaufen, die werden nicht unbedingt deinem Geschmack entsprechen, das ist auch unwichtig, Hauptsache, deine Verehrer fahren drauf ab. Anschließend zeig ich dir deinen zukünftigen Arbeitsplatz, dort wirst du unser Geld verdienen. Am besten startetest du schon heute Abend. Erst mal zur Probe, ich weiß ja nicht, ob du dein Versprechen überhaupt einhalten kannst, ich hab da so meine Zweifel."

Achmed startete den Motor und fuhr einige Straßen weiter. Dort parkte er vor einem Fetischladen.

„Bleib sitzen, ich mach das schon."

Achmed betrat den Laden und blickte sich um. Zielsicher griff er in das Schuhregal, kaufte kniehohe weiße Lackstiefel, einen dazu passenden Rock, eine schwarze Schnürkorsage, zwei Paar halterlose Strümpfe, ein kurzes Jäckchen, ebenfalls aus Lackleder, dazu noch eine Großpackung Kondome.

„Hoffentlich ist das keine Fehlinvestition. Die Klamotten haben 300 Flocken gekostet", bemerkte er spitz, während er die Tüte Sophie in die Hand drückte.

„Keine Angst, ich gebe dir das Geld wieder", bot sie an, wobei sie neugierig in die Tüte lugte.

Achmed hatte nichts einzuwenden. Zielstrebig lenkte er seinen Wagen stadtauswärts.

„Hier ist der sogenannte Lolita-Strich“, erklärte er, während er im Schritttempo die von alten Laternen beleuchtete Straße entlangfuhr.
Sophie betrachtete die Mädchen, die im Abstand von zehn Metern in einer Seitenstraße eines stillgelegten Güterbahnhofs standen. Es waren nur vier an der Zahl, alle aufreizend gekleidet und nicht älter als 16 Jahre. Die meisten bemühten sich nicht, auf die vorbeifahrenden Autos zu reagieren. Erst wenn das Auto parkte, stöckelten sie auf den Wagen zu und beugten sich seitlich über die heruntergelassene Seitenscheibe ins Wageninnere hinein, um den Preis auszuhandeln. Und der überschritt das übliche Maß, weil die Mädchen noch jung und unverbraucht waren.

„Zweihundert für Verkehr, hundert fürs Blasen, Handmassage einhundert. Alles nur mit Gummi. Kein Feilschen, keine Extrawürste. Falls der Freier mehr will, dich für längere Zeit buchen, dann rufst du Harkan an, der stellt dann ein Zimmer zur Verfügung. Im Prinzip alles ganz easy.
Fünfhundert innerhalb von drei Stunden müssten drin sein. Übrigens ist das Stehen hier auch nicht umsonst, dafür muss ich an meinen Cousin Miete

zahlen. Dafür wird die Straße vorn und hinten von zwei Aufpassern bewacht, die warnen euch, wenn die Bullen im Anmarsch sind. Noch Fragen?"
Sophie schüttelte den Kopf.
„Kannst du mir die Brautbilder, die du in der Boutique geschossen hast, auf mein Handy laden?", fragte sie. „Logisch. Jetzt zieh dich um, es ist schon kurz nach sieben, die Rushhour beginnt um acht."
„Die Stiefel sind ein bisschen zu eng", beschwerte sich Sophie, „die hättest du eine Nummer größer kaufen sollen."
„Denkst du, ich bin blöd, oder was? Die hatten die Dinger nicht mehr in deiner Größe. Kapiert?"
Sophie saß jetzt fertig umgezogen auf dem hinteren Sitz und wirkte unentschlossen.
„Na, auf was wartest du noch? Nun geh schon", drängelte Achmed. „Du schaffst das", redete er ihr noch gut zu, als sie zögerlich die Beifahrertür des Wagens öffnete, um auszusteigen.
„Hoffentlich gehen die jetzt nicht auf mich los, ich verderbe denen doch das Geschäft", gab Sophie zu bedenken.
„Nein, da passiert nichts, keine Angst. Ich hole dich in zweieinhalb Stunden wieder ab. Gib mir einen Kuss, Prinzessin, ich liebe dich."

Der erste Freier, der Sophie an seinen teuren SUV

lockte, war Ende dreißig und erweckte optisch nicht dein Eindruck, als hätte er es nötig, für Sex zu bezahlen. Obendrein wirkte er höflich.
„Guten Abend“, sagte er. „Bist du neu hier?“
Sophie ließ sich nicht in banale Fragen verwickeln, sondern kam gleich zur Sache und ratterte mit einem lieblichen Lächeln ihr Angebot runter.
„Okay“, sagte der Mann und öffnete die Beifahrertür, damit sie einsteigen konnte. Sie fuhren ein Stück weiter, wo sie ungestört waren. Ohne dass Sophie darauf hinweisen musste, zahlte der Mann dreihundert Euro.
„Du machst es mir mit dem Mund und dann setzt du dich auf mich drauf und zeigst mir deine Brüste“, sagte er, knöpfte sich seine Hose auf und ließ die Lehne seines Sitzes etwas nach hinten fahren.
Sophie holte das Kondom heraus und stülpte es über seinen bereits erigierten Penis. Sie versuchte an nichts zu denken, alle Bedenken und Gefühle auszuklammern. Das funktionierte erstaunlich gut. Nach weniger als fünf Minuten war alles vorbei. Er bedankte sich sogar. Für Sophie völlig unbegreiflich. Sie hätte eine andere Umgangsart erwartet.
„Wie heißt du?“, erkundigte er sich zum Abschied. Sie sagte ihren richtigen Namen. Der Mann versprach wiederzukommen und sie das nächste

Mal länger zu buchen. Nur kurze Zeit später hielt der nächste Wagen.
Diesmal war es ein junger Mann Ende zwanzig, auch dieser benahm sich einigermaßen zivilisiert, auch wenn er sie mit vulgären Schimpfwörtern bedachte, wissen wollte, wie viel Schwänze sie heute schon gelutscht hatte, und dabei ihren Kopf fest nach unten drückte, als sie ihn oral befriedigte.
Bei dem nächsten Freier überlegte Sophie ernsthaft, ob sie überhaupt in sein Auto einsteigen sollte. Der war nicht nur fett und bis zur Halskrause tätowiert, sondern wollte auch noch feilschen. Sophie ließ sich auf keinen Handel ein und empfahl dem unappetitlichen Kerl, es bei einem anderen Mädchen zu versuchen. Aber da der Kerl offensichtlich wusste, dass hier nicht gefeilscht werden konnte, gab er letztendlich nach. Nicht unbedingt zu Sophies Freude, sie hätte sich gern dieses Exemplar erspart. So biss sie die Zähne zusammen, stieg doch in seinen Bus und tat, was er von ihr verlangte. „Wichs mir einen und beschimpf mich", verlangte er, während er versuchte seinen schrumpligen Schwanz sichtbar zu machen.
Als sie um kurz vor halb zehn von Achmed abgeholt wurde, hatte sie insgesamt sieben Freier bedient. Das Geld hatte sie in ihre Jackentasche

gestopft, ohne es nachzuzählen. Sie wusste nur eins, es war mehr als das Limit, das ihr Achmed gesetzt hatte.

„Und“, fragte er knapp. „Wie war die Nachfrage?“
„Bestens“, antwortete Sophie aufgewühlt. „Es war auch nicht so schlimm wie angenommen. Die meisten waren nett zu mir, nur der letzte Typ war ein Arschloch, der hat gefragt, ob ich auch anal mache … so ein Schwein.“
Achmed zuckte gleichgültig mit den Achseln.
„Also, wie war deine Ausbeute?“, hakte er freundlich nach. Sophie griff in ihre Jackentasche und holte die Scheine hervor.
„Ich hab noch gar nicht nachgezählt“, beteuerte sie aufgeregt.
„Genau achthundert“, staunte Achmed und stieß einen anerkennenden Pfiff aus. „Respekt, Prinzessin, das hätte ich dir nicht zugetraut.“
„Wenn du jetzt nicht nach Hause müsstest, dann würde ich mit dir feiern gehen, aber du musst heim, schade.“
„Aber warum feiern gehen?“, beschwerte sich Sophie, „wir wollten das Geld doch lieber sparen.“
„Ja, du hast recht, du bist sehr vernünftig, ich schaffe es gleich morgen auf die Bank.“
„Wir können ja zur Tanke fahren und dort einen Piccolo kaufen, der tuts doch auch, oder?“, schlug

Sophie vor.

Sophie war leicht beschwipst, als ihr Freund sie zu Hause absetzte. Es war kurz vor zehn Uhr.
„Gehst du gleich ins Bett?“, erkundigte sich Achmed.
„Nein, ich muss noch lernen, mindestens noch zwei Stunden.“
Beide verabschiedeten sich mit einem innigen Kuss.
„Ich liebe dich, du bist die Größte“, rief er Sophie noch nach, als sie bereits vor der Haustür stand.
„Pscht!“, winkte sie kichernd ab.

Während Sophie sich nach einer ausgiebigen Dusche noch an ihren Schreibtisch setzte und für die Schule lernte, führte Achmeds Weg direkt ins nächste Spielcasino.

10. Kapitel

Die darauffolgenden Tage fuhr Achmed sie wieder um die gleiche Zeit zum Lolita-Strich.
So auch heute.
„Es regnet wie verrückt. Können wir heute nicht mal aussetzen?“, beschwerte sich Sophie.
„Gerade heute wirds gut laufen, vermutlich deswegen, weil die anderen Mädchen so denken wie du“, fauchte er Sophie an.
„Ich hab keinen Regenschirm dabei“, lamentierte sie weiter. „Dann stell dich unter und hör endlich auf herumzujammern, du nervst. Ich hol dich heute dafür etwas früher ab. Das heißt, wenn du dein Soll dann schon erfüllt hast, also streng dich an und vor allem, stell dich nicht so an, wenn dich einer in deinen Hintern … ich mein, dann beiß

einfach die Zähne zusammen."
„Das tu ich niemals!", konterte Sophie entsetzt.
Achmed packte Sophie am Kinn und zwang sie somit, ihn anzusehen. Mit funkelnden Augen und mahlendem Unterkiefer zwang er sie zur Vernunft.
„Du tust, was ich sage, sonst lernst du mich kennen!"
Sophie nickte verstört, öffnete hastig die Beifahrertür und stieg aus.
Tatsächlich arbeitete nur ein Mädchen. Sophie nickte ihr kurz zu und stöckelte unter das Vordach einer alten Holzbaracke. Der Regen schien den Freiern nichts auszumachen. Bereits nach einer Stunde hatte sie 500 Euro verdient. Diesmal zählte sie das Geld nach. Sie hoffte sehnlich, dass Achmed sie heute früher abholte.
„Noch ein Freier, dann habe ich das Geld zusammen", dachte sie, während sie sich ihre Jacke eng um ihren Körper schlang und von einem Bein aufs andere trat. Sie fror, war schon ziemlich durchnässt, als endlich ein Auto stoppte.
Der Fahrer hupte kurz, ließ die Seitenscheibe nach unten. Sophie tippelte über den nassen Asphalt, riss die Wagentür auf und stieg ein, ohne sich den Mann vorher anzuschauen.
„Verkehr zweihundert ..."
„Wir kennen uns doch", wurde sie unterbrochen.
Sophie erstarrte. Mit offenem Mund und weit

aufgerissenen Augen blickte sie den Mann an, bei dem es sich um ihren Sportlehrer handelte.
„Du bist doch Sophie?“
Ohne dem Mann zu antworten, versuchte sie die Autotür aufzureißen, aber der Lehrer hatte die Verriegelung betätigt.
„Lass mich raus!“, schrie Sophie hysterisch.
„Jetzt beruhige dich, bitte, mein Gott. Was tust du hier? Ausgerechnet du, verdammt, wie kommst du hierher, lass uns doch vernünftig sein.“
„Lass mich raus! Sonst erzähle ich morgen allen, dass du hier warst, dass du auf junge Mädchen stehst, weiß sowieso jeder.“
„Nein, das wirst du ganz sicher nicht tun, ich werde deine Mutter informieren und ein Gespräch mit deinem Vertrauenslehrer führen. Sophie, sei vernünftig … das machst du doch alles nicht freiwillig … sag mir, für wen du anschaffst, und ich melde es der Polizei, so jemand gehört hinter Gitter.“
„Du verlogenes Stück Scheiße“, schrie sie ihn an.
Sie hatte die Verriegelung gefunden und riss die Wagentür auf. Sie lief hastig auf die Holzbaracke zu, holte ihr Handy raus und informierte Achmed. Außer Atem erzählte sie ihm, was vorgefallen war.
„Beeil dich!“, schrie sie in das Handy. „Der Typ lässt mich nicht in Ruhe!“
Sophie hörte, wie ihr Lehrer den Motor abstellte.

Sah, wie er auf sie zuging, in einem Abstand von zwei Metern vor ihr stehen blieb, seine Hände beruhigend nach ihr ausstreckte, weiterhin auf sie einredete, als wäre sie ein scheuendes Pferd.
„Hau endlich ab!“, keifte sie ihn an und warf einen Stein nach ihm.
„Was ist hier los?“, hörte sie plötzlich die Stimme von Achmed. Er stand wie hingehext neben ihr, im Schlepptau den Muskelprotz aus der Tanzbar.
„Das geht Sie nichts an“, reagierte Sophies Lehrer patzig. „Oder steckt ihr dahinter? Ist das dein Zuhälter?“, wandte er sich an Sophie.
„Verschwinde!“, befahl Achmed an Sophie gewandt und deutete zum Auto.
Sie rannte zum Auto, setzte sich hinein und blickte ängstlich zum Seitenfenster hinaus. Sie konnte durch den Regen nicht viel erkennen, dafür umso mehr hören. Sie hörte Schreie, die definitiv ihrem Lehrer zuzuordnen waren.
Nach etwa zehn Minuten kam Achmed mit seinem Freund zurück, der Schlagring auf seiner Hand war blutig.
„Das wäre erledigt“, keuchte er erschöpft, „Dem haben wir das Maul gestopft.“
Er wandte sich den Muskelprotz zu und klatschte *High five* ab.
„Ihr habt ihn doch hoffentlich nicht totgeschlagen?“, wimmerte Sophie aufgelöst.

„Nein, nur gedroht, das zu tun, wenn er sein Maul nicht hält.“
„Aber er ist verletzt?“, hakte sie besorgt nach.
„Ja, wir haben ihm den Arm ausgekugelt und ihm die Fresse poliert, dabei ist sein Nasenbein bedauerlicherweise zu Bruch gegangen.“ Achmed grinste schadenfroh.
Er startete den Wagen und fuhr Richtung Tanzbar, um den Muskelprotz abzusetzen.
„Nun zu dir, meine Prinzessin.“
Er warf einen Blick auf seine goldene Uhr. „Es ist jetzt gerade einmal halb acht. Ich hatte dir versprochen, dich heute früher abzuholen, vorausgesetzt …“
„Fünfhundert“, beeilte sich Sophie zu sagen, „es wären mehr geworden, wenn …“
„Schon gut, beruhig dich, alles ist gut, du hast alle Zeit der Welt, alles wieder aufzuholen … jetzt, wo du für die nächsten Wochen keinen Sportunterricht mehr haben wirst.“
„Aber wieso nachholen, ich mein, ich hab doch das Minimum erfüllt … Fünfhundert.“
„Du sagst es, Minimum, aber wir orientieren uns nun mal an dem Maximum, und das liegt bei siebenhundert, so viel hast du in den letzten Wochen durchschnittlich verdient. Das ist die Messlatte, Prinzessin, die hast du dir selbst errichtet. Du bist eben eine kleine Streberin,

genau wie in der Schule, damit hast du dir selbst ins eigene Fleisch geschnitten."

„Ich geh nicht mehr auf den Straßenstrich, nie wieder, da kriegen mich keine zehn Pferde mehr hin", begehrte sie auf und trommelte mit ihren Fäusten wütend auf Achmed ein.

„Hör auf damit", sagte er ganz ruhig, während er angespannt zur Windschutzscheibe hinausblickte. Aber Sophie blieb nicht ruhig. Erst als er ihr ins Gesicht schlug, hörte sie auf. Der Schlag ließ sie abrupt in ihrer Bewegung innehalten. Fassungslos starrte sie ihn an.

„Wir fahren jetzt zu mir nach Hause, machen uns noch ein paar schöne Stunden."

Ohne ein weiteres Wort zu verlieren, startete er den Motor.

„Und wage es nie wieder, gegen mich die Hand zu erheben, sonst prügle ich dich windelweich", drohte er ihr.

„Entschuldige", erwiderte sie eingeschüchtert.

Eine Stunde später schien alles vergessen. Beide lagen im Bett, hatten Sex. Sophie musste sich eingestehen, dass sie ohne seine Zärtlichkeit nicht leben konnte, sie war süchtig nach ihm, brauchte seine Nähe wie die Luft zum Atmen. Ohne ihn war sie nicht vollständig, ohne ihn schien das Leben völlig sinnlos. Dass er sie geschlagen hatte, erschien ihr in jenem Augenblick der Hingabe völlig legitim. Schließlich war sie diejenige, die zuerst die Hand gegen ihn erhoben hatte. Sie konnte nicht erwarten, dass er das duldete. Achmed war nun mal kein Weichei. Sie musste sich sogar eingestehen, dass ihr diese Art der Zurechtweisung gefiel. Bedeutete es doch, dass sie ihm etwas wert war.

„Ich fahr dich jetzt nach Hause“, sagte er, „du brauchst heute ausnahmsweise dein Soll nicht zu erfüllen, ich drück ein Auge zu. Morgen werden wir weitersehen. Ich hoffe, wir werden uns einig. Nicht, dass es mir so ergeht wie Harkan. Seine Luise hat ihn nämlich betrogen. Morgen will er ihr eine Abreibung verpassen. Das sollten wir uns ansehen.“

„Warum denn?“, wunderte sich Sophie.

„Damit du mal siehst, wie andere mit ihren Frauen verfahren und du mich mehr zu schätzen weißt.“

„Ich mag nicht“, widersprach Sophie.

„Ich hole dich morgen so 17 Uhr an der Kreuzung ab, und sei pünktlich.“

„Es tut mir leid, aber der Sportunterricht fällt heute aus. Herr Tiefenbach liegt mit schweren Verletzungen im Krankenhaus. Er ist offensichtlich einer Gewalttat zum Opfer gefallen“, teilte der Rektor am nächsten Tag der Schulklasse mit

betroffener Miene mit.
„Wer war das?“, wollte ein Schüler wissen.
„Das kann ich nicht sagen, die Kripo ermittelt.“
„Hat man schon eine Spur?“, meldete sich Sophie zu Wort.
„Soviel ich weiß, nein. Herr Tiefenbach konnte keine Täterbeschreibung abgeben.“
„Wo ist er denn überfallen worden“, hakte sie weiter nach.
Der Rektor hüstelte verlegen.
„Nun, irgendwo am alten Güterbahnhof.“
„Da ist doch der Babystrich“, meldete sich ein Junge zu Wort. „Wollte sich Herr Tiefenbach dort etwa Frischfleisch besorgen?“
Alle Schüler lachten. Tiefenbach war schließlich dafür bekannt, dass er auf junge Mädels stand, es gab kaum eine in der Klasse, die nicht schon seinen unsittlichen Berührungen ausgesetzt war. Damit war das Thema beendet. Der Rektor verließ die Klasse. Er hatte keinerlei Lust mehr, sich auf die bohrenden Fragen der Schüler einzulassen. Schließlich wusste er nur zu gut, wie es um Tiefenbach bestellt war. Im Lehrerkollegium war bekannt, dass er von einer anderen Schule wegen Verdacht der sexuellen Annährung an Schutzbefohlene versetzt worden war. Ein heißes Eisen, das keinesfalls wieder zum Glühen gebracht werden sollte.

„Der war garantiert auf dem Babystrich“, heizte Sophie bewusst die Diskussion ihrer Mitschüler an.
Alle stimmten ihr zu. Sie war sich sicher, dass Tiefenbach keinerlei Anstalten unternehmen würde, Sophie in irgendeiner Form zu belangen. Damit war das Thema für sie abgehakt.

11. Kapitel

„Sieh hin“, schnauzte er Sophie an. „Sie hat es verdient, sie hat meinen Cousin betrogen, belogen und seine Ehre verletzt. Sie bekommt ihre gerechte Strafe, einen Denkzettel verpasst, danach wird sie meinem Cousin den Dreck von den Stiefeln lecken. Schau genau hin!“, befahl er und packte sie am Haarschopf, um ihr Gesicht auf die Gefolterte zu richten. Schluchzend und mit tränenverschleierten Augen tat sie, was er verlangte. Sie blickte auf die Füße der Geschändeten, die nicht mehr wild zappelten, sondern nur noch zuckten.
Sophie wurde dazu gezwungen, die Wunden der gefolterten Luise zu versorgen, als man ihren leblos erscheinenden Körper zu Boden krachen ließ. Nichts war mehr von dem einst so schönen und stolzen Mädchen übrig geblieben, das Sophie in der Tanzbar kennengelernt hatte. Die sie sogar beneidete um ihr Aussehen, ihre zur Schau gestellte Arroganz, die Sophie in ihrem Glauben bestärkte, dass sie tatsächlich etwas Besseres sei. Aber jetzt war sie nichts mehr. Nichts weiter

als ein Häufchen Elend, das vor Schmerzen wimmernd am Boden lag.
Sophie wurde von Harkan dazu gezwungen, die Wunden der Gefolterten zu versorgen.
Ihre Hand zitterte, als sie nach dem Gewicht griff, um es so behutsam wie möglich von der Haut zu lösen. Sophie konnte erkennen, dass sich die blutige Haut bereits verkrustet hatte. Als sie die Klemme vorsichtig auseinanderdrückte, kamen scharfe Metallzähne zum Vorschein, an denen sich kleine Hautfetzen festgesetzt hatten. Luise schrie vor Schmerzen auf. Vor Schreck wäre die Klemme beinahe wieder zugeschnappt, aber Sophie behielt in diesem Moment doch die Nerven.
„Sie benötigt einen Arzt, die Wunden müssen desinfiziert werden", wandte sich Sophie an Achmed, der hinter ihr stand und alles beobachtet hatte.
„Das stimmt", erwiderte der, an seinen Cousin gewandt. „Die kratzt sonst ab."
„Ach, soll ich jetzt noch den Notarzt rufen, oder was? Seid ihr noch alle ganz klar in der Rübe?"
Ein abfälliges Lachen folgte, untermalt von dem zustimmenden Grunzen seiner Kumpane.
„He, du hast doch immer Hochprozentiges im Auto", wandte er sich an einen seiner Komplizen, „Hol das Zeug her, damit wir das Luder wieder in

die Senkrechte kriegen, damit der Scheiß hier endlich ein Ende hat und das Luder wieder ihrer Arbeit nachgehen kann."
Ohne weitere Diskussion wurde das Gewünschte herangeschafft. Hochprozentiger echter russischer Wodka.
Harkan schraubte die Flasche auf, ging auf die beiden Mädchen zu. Sophie kniete noch auf dem Boden, den Kopf von Luise hatte sie auf ihren Schoß gebettet, während sie tröstend über Luises Haar streichelte.
„Mach Platz!", befahl Harkan, während er Anstalten machte, die volle Flasche über Luises Brüste zu positionieren.
„Nein", schrie Sophie hysterisch und versuchte ihm die Flasche zu entreißen, aber Harkan schubste sie zur Seite. Wieder versuchte sie ihn von seinem Vorhaben abzuhalten, krallte sich an seine Beine. Harkan trat ihr mit dem Fuß dermaßen fest ins Gesicht, dass sie für einige Sekunden das Bewusstsein verloren haben musste.

Als sie wieder zu sich kam, saß sie im Auto. Blickte in das besorgte Gesicht von ihrem Freund Achmed, der sie in seinen Armen hielt und sie an sich drückte.
„Da bist du ja wieder, meine kleine Prinzessin",

flüsterte er und küsste sie sanft auf ihre Stirn.
„Warum hast du das getan?“, flüsterte Sophie benommen, „warum hast du mich in diese Baracke geschleppt, warum hast du mich gezwungen, das alles mit anzusehen?“
Sie schluchzte und versuchte sich aus der Umarmung zu befreien. Er hielt sie fest.
„Warum ich das getan habe?“, wiederholte er betroffen.
Er schwieg einige Sekunden, schien bedrückt, beinahe schuldbewusst. „Ich hab’s getan, damit du siehst, was es für gnadenlose Typen gibt, ich habs getan, damit du siehst, wie andere Männer ihre Frauen behandeln.“
„Würdest du so was auch mit mir tun?“, erkundigte sie sich skeptisch.
„Aber nein, du bist doch meine Prinzessin, ich würde dich nie wie ein Stück Fleisch zur Schau stellen, würde es nicht übers Herz bringen, dich zu quälen, außerdem würdest du mich doch nie betrügen und so schamlos hintergehen, du bist doch keine billige Schlampe, zwar keine Jungfrau mehr, aber mir doch heilig. Wenn du mich betrügen würdest, dann würde ich dir die Kehle durchschneiden und mich dann selbst umbringen. Weil ich ohne dich nicht leben könnte.“
„Das würdest du tun?“, flüsterte Sophie ergriffen.
Achmed nickte.

„Jetzt lass uns den Scheiß einfach vergessen, Prinzessin, lass uns da weitermachen, wo wir aufgehört haben."
„Bitte, Achmed, schick mich nicht wieder auf den Straßenstrich, bitte."
„Okay, hab mir da was anderes überlegt. Luises Zimmer in der Tanzbar ist ja nun frei geworden, dort, wo sie ihre Freier empfangen hat, das kannst du jetzt bekommen, ist natürlich ziemlich teuer, die Tagesmiete, meine ich, aber ich möchte, dass sich meine Prinzessin wohlfühlt. Das Zimmer ist verhältnismäßig komfortabel eingerichtet, hat sogar ein eigenes Bad. Dort wirst du dich wohlfühlen und es wird dir Spaß machen."
„Es macht mir keinen Spaß!", widersprach Sophie empört, „ich tu das nur für uns."

Bereits einen Tag später schaffte Sophie in dem besagten Zimmer an. Das große runde Bett dominierte den Raum, an der Wand hing ein Bild, auf dem eine nackte Frau in obszöner Pose dargestellt war. Ansonsten gab es nur zwei Nachttischlampen mit diffusem Licht, ein kleines Tischchen und einen Sessel. Die roten Samtvorhänge waren zugezogen, sodass kein Lichtstrahl durchs Fenster dringen konnte. Dennoch fühlte sich Sophie in diesem Zimmer weitaus wohler als auf dem Straßenstrich. Hier

konnte sie sich Ablenkung verschaffen. Konnte lesen oder sich um ihre Hausaufgaben kümmern. Manchmal hatte sie eine Stunde lang Zeit, bis der nächste Freier an der Tür klopfte. In der Regel jedoch standen die Freier im Viertelstundentakt vor ihrer Tür. Achmed hatte sie angewiesen, den Verehrern keinen Wunsch abzuschlagen. Sie sollte für alles „offen“ sein, so wie er ihr sagte. „Falls ich herausbekommen sollte, dass du dich verweigerst, dann bist du schneller wieder auf dem Straßenstrich, als du gucken kannst.“
Eine Drohung, die Sophie zusetzte. Das erste Mal nach langer Zeit stellte sie sich die Frage, ob Achmed sie wirklich liebte. Sie hatte bereits mehrmals zu spüren bekommen, dass er sie mit Liebesentzug bestrafte, wenn sie weniger verdiente als üblich. Eine Strafe, die Sophie kaum ertragen konnte. Waren es doch seine Zärtlichkeiten, seine Berührungen, die sie so sehnlich brauchte, um die entwürdigende Sexarbeit zu kompensieren. Sechs bis zehn Freier innerhalb von drei Stunden zu befriedigen machte sie verletzlich. Sie hatte doch niemanden, der sie aufbauen konnte, das Geschehene aus ihrem Gehirn zu verbannen, die aufkeimenden Zweifel im Keim zu ersticken. Achmed und kein anderer war in der Lage, sie davor zu bewahren. In seinen Armen war sie glücklich, er gab ihr nicht nur die

Kraft, weiterzumachen, sondern verstand es auch hervorragend, ihre Sexarbeit als etwas Beiläufiges abzutun, damit bewahrte er sie vor einem emotionalen Konflikt und schützte ihr Seelenheil. Irgendwann einmal zeigte er ihr sogar das bereits verdiente Geld, das er zu Hause in einem kleinen Tresor hortete. Fünfunddreißigtausend Euro, Prinzessin, so viel haben wir schon verdient", triumphierte er, während er ihr die dicken Geldbündel unter die Nase hielt.
Wie sollte Sophie ahnen, das zwischen den Geldscheinen Zeitungspapier steckte, dass er ein heimtückischer Lügner war und das meiste Geld, das sie verdiente, im Spielcasino oder in teuren Edelboutiquen landete. Sie war ihm hörig, glaubte alles, was er sagte.
Aber das sollte sich bald ändern.

Es war ein Samstag. Sophie fühlte sich auffällig schlapp und ausgepowert. Sie vermutete, dass eine Erkältung im Anmarsch war. Sie hatte bereits drei schwierige Freier ertragen müssen und vierhundert Euro verdient. Bei dem einen musste sie die willige Sexsklavin mimen, sich beschimpfen und zu guter Letzt musste sie es sogar ertragen, dass er auf ihren Körper urinierte. Der Nächste war ein fetter Kerl, der ihr Zimmer betrat und sofort auf die Toilette wollte. Dort

befriedigte er sich selbst, um den ersten Druck abzulassen, sodass sich Sophie länger mit ihm abmühen musste. Der dritte Freier stand auf schwarze Lackstiefel, war ein Stiefelfetischist und die halbe Stunde damit beschäftigt, ihr die Stiefel blank zu lecken, während sie ihn mit der Peitsche traktierte. Zum Schluss befriedigte er sich selbst und spritzte das Sperma auf ihre Stiefel. Eigentlich ein leichter Job, dennoch fühlte sie sich angeschlagen, schwindelig und wacklig auf den Beinen und hatte mächtige Kopfschmerzen.
Sie brauchte dringend eine Pause. Das Schild an ihrer Tür drehte sie auf *do not disturb.* Ein Zeichen, dass niemand anklopfen durfte und alle unten in der Lounge der
Tanzbar warten mussten.
Im Flur, direkt neben einem Zimmer, das Achmeds Cousin als Büro nutzte, hing ein Medikamentenkasten, aus dem sich die Mädchen bedienen durften. Der enthielt vor allem Kopfschmerztabletten, Hustensaft, Tampons und Medikamente gegen Unterleibsschmerzen.
Leise schlich sie zu dem Medizinschrank. Auf dem Weg dorthin hörte sie Stimmen. Die Tür zu Harkans Büro stand einen Spalt breit offen. Ihr wäre es nicht in den Sinn gekommen zu lauschen, aber sie hörte nicht nur Harkans, sondern auch Achmeds Stimme, das machte sie dann doch

neugierig. Sie hielt die Luft an, ihr Herz schlug ihr bis zum Hals, während sie das Gespräch verfolgte.
„Kann eigentlich zufrieden sein“, glaubte sie Achmeds Stimme zu erkennen. „Die schafft gut an, verdient mehr als das Übliche, die Freier reißen sich um sie, aber in spätestens einem halben Jahr ist Schluss, dann ist sie ausgelutscht, dient nur noch als Resteverwertung, da muss ich mir was Neues suchen.“
„Damit solltest du langsam anfangen“, erwiderte die andere Stimme, „es ist immer gut, gleich mehrere Eisen im Feuer zu haben.“
„Ja, klar, Mann, du hast recht, bin schon am Suchen und habe da schon wieder eine am Haken, die ist auch erst 15, geht auf die Realschule, mal sehen, was draus wird, ich …“
Achmed hatte den letzten Satz noch nicht ganz ausgesprochen, als er plötzlich stutzte und Richtung Tür blickte. Er sprang vom Stuhl und riss die Tür auf. Sophie kniete am Boden, den Blick apathisch an die gegenüberliegende Wand gerichtet, sie war kreidebleich, atmete schwer, so als bekäme sie keine Luft mehr.
„He!“, schrie er sie an, „was machst du hier? Wieso bist du nicht in deinem Zimmer und arbeitest?“
„Ich … ich fühl mich schlecht, ich glaub, ich bin

krank“, keuchte sie zitternd und deutete mit der Hand zum offenen Medizinschrank. Achmed kniete sich hin und legte seine Hand auf ihre Stirn.
„Du glühst ja wie ein Hochofen“, stellte er fest, „scheiße, du bist tatsächlich krank“, er nahm eine Packung aus dem Medizinschrank, löste zwei Tabletten aus der Folie und besorgte ein Glas Wasser.
„Los, runter damit“, befahl er, „das wird dir helfen wieder auf die Beine zu kommen, du kannst jetzt nicht einfach schlappmachen, reiß dich zusammen, unten wartet noch ein Freier auf dich.“
„Ich kann nicht“, schluchzte Sophie, „ich will nicht mehr, fahr mich nach Hause, bitte.“
„Was hast du an meinem Satz nicht verstanden?“, blaffte er sie wütend an. „Du wirst jetzt den Freier noch durchziehen, dann fahr ich dich heim.“
„Nein! Nein!“, schrie sie ihn mit bebender Stimme an und spuckte ihm ins Gesicht.
Achmed wirkte für eine Millisekunde völlig perplex. Wie konnte sie sich das erlauben? Wieso reagierte sie so hysterisch?
Wutentbrannt packte er sie an ihren Haaren, zog sie in die Senkrechte und schleifte sie zurück zu ihrem Zimmer. Dort warf er sie aufs Bett und begann auf sie einzuschlagen. „Was erlaubst du dir?“, brüllte er sie dabei an. „Hast du immer noch nicht kapiert, dass du zu gehorchen hast, du

verdammte Schlampe! Willst du, dass du auch bald am Haken hängst?“
„Bitte, hör auf … hör auf, bitte, ich tu, was du sagst“, flehte sie verzweifelt.
Achmed hielt mit seiner Hand inne und fixierte Sophie mit hasserfülltem Blick. Er schlug nicht mehr zu, stand auf und wischte sich das Blut, das an seiner Hand klebte, mit einem Kleenex ab.
„Steh auf und mach dir dein Gesicht sauber, deine Nase blutet, ich hoffe, ich hab sie dir nicht gebrochen. Beweg dich, verdammt!“, forderte er mit Nachdruck, weil sie immer noch dasaß und ihn entsetzt anstarrte.
Schwerfällig erhob sie sich, schlurfte ins Badezimmer und betrachtete sich im Spiegel. Ihre Nase blutete. Vorsichtig betastete sie ihr Nasenbein, es schien nicht gebrochen. Aber ihre Oberlippe war aufgeplatzt und das linke Auge schmerzte fürchterlich. Sie wandte sich von ihrem Spiegelbild ab, stützte sich aufs Waschbecken, wimmerte leise vor sich hin, während eine Mischung aus Blut und Schleim in den Ausguss rann. Sie hatte ihr Gesicht noch nicht vollständig gereinigt, als es an der Tür auch schon klopfte.
„Moment!“, ächzte Sophie, wobei sie versuchte den angesammelten Schleim aus sich herauszuhusten.
Dann ging sie ins Zimmer, äugte aufs Bett, wo der

Freier bereits auf sie wartete. Ein glatzköpfiger Kerl in Designeranzug und modischer Brille.
„Was willst du?“, fragte sie schmallippig.
„He, warum so unfreundlich, schöne Maid, ich wollte dich für eine Stunde buchen, dich so richtig schön durch-möbeln, man hat mir versichert, dass du keine Tabus kennst … ich stehe auf anal.“
Ohne auf Sophies Antwort zu warten oder sich nach ihrem sichtbar desolaten Zustand zu erkundigen, schnalzte er mit der Zunge und legte drei Hundert-Euro-Scheine auf die Anrichte.
„Okay“, presste Sophie aus sich heraus, „aber geh erst mal ins Bad und mach dich frisch.“
Der Freier zögerte.
„Na geh schon“, sagte sie etwas aufmunternder und griff demonstrativ zur dem Gleit-Gel, das auf dem Nachtisch lag. „In der Zwischenzeit kann ich mich schon mal präparieren.“
Sie lächelte scheu und schaltete die Musik etwas lauter.
„Klar, verstehe, geil … du scheinst ein richtiges Früchtchen zu sein.“
Der Kerl verschwand im Badezimmer. Sophie schnappte sich das Geld. Anschließend schlüpfte sie im Zeitraffertempo in ihre Jeans, warf sich ihren Pullover über, griff nach ihrer Schultasche und schlich sich aus dem Zimmer. Sie strebte die Kellertreppe hinab, zum Lieferantenausgang, der

ins Freie führte.
Dann rannte sie los.

Als sie eine Stunde später vor ihrer Haustür stand, zitterte ihre Hand. Nur mit Mühe schaffte sie es, den Schlüssel ins Schloss zu stecken. Danach schloss sie die Tür zweimal ab und sackte am Türrahmen zusammen.
Gerade noch konnte sie den Impuls, einfach lautstark los-zuschreien, unterdrücken.
„Sophie, bist du das?“ Die Stimme ihrer Mutter kam aus ihrem Büro.
„Ja“, .antwortete sie geschwächt, raffte sich blitzschnell auf und hechtete die Treppe zu ihrem Zimmer hinauf.
Sie pfefferte die Schultasche in die Ecke, warf sich aufs Bett und zog die Decke über den Kopf.
Nichts hören, nichts sehen, nicht sagen, war ihr sehnlichster Wunsch in diesem Moment, der sich allerdings nicht erfüllte.
„Gehts dir nicht gut?“, wurde sie gestört.
„Ich hab mir ’ne Erkältung zugezogen, mich bei irgendjemand angesteckt … ich bin krank, brauch meine Ruhe … bitte, bring mir einfach einen Tee und eine Wärmflasche und irgendwas gegen Grippe, ich hab das Gefühl, das mir der Schädel platzt. Ich will jetzt meine Ruhe.“
„Okay, alles gut“, beruhigte ihre Mutter, „muss

dann eh gleich wieder in die Praxis."

Als Sophie wieder erwachte, war es bereits Vormittag am nächsten Tag. Sie hatte mehr als zwölf Stunden geschlafen. Ihr Kopf dröhnte, ihr Auge hämmerte und ihre Lippe schmerzte ebenfalls. Keuchend richtete sie sich auf und schleppte sich zum Badezimmer. Ohne in den Spiegel zu gucken, zog sie sich aus und stellte sich unter die Dusche. Als sie den von Wasserdampf beschlagenen Spiegel klar wischte, erwartete sie ein entstelltes Gesicht. Ein dunkel zugeschwollenes Auge, eine geschwollene Nase und eine aufgeplatzte Oberlippe.
Aber außer der aufgeplatzten Lippe waren oberflächlich keine Blessuren zu erkennen.
Aber was hatte das schon zu sagen, in ihrem Inneren brodelte der Schmerz, beim Luftholen hatte sie Herzstechen. Sie war sich sicher, dass das Stechen seelischer Natur war. Ihr Herz war gebrochen, für immer und ewig. Eine Erkenntnis, die ihr wiederholt die Tränen in die Augen trieb.
„Wie konnte ich nur so naiv gewesen sein", flüsterte sie, während sie schwer atmend wieder ihr Spiegelbild betrachtete und abrupt mit der Faust auf den Spiegel einschlug.

12. Kapitel

Zwei weitere Tage verbrachte Sophie im Bett. Ging nicht zur Schule und ignorierte die eingehenden Anrufe und Sprachnachrichten von Achmed. Auch hatte sie ihrer Mutter verboten, Achmed, falls er ungebeten vor der Tür stehen sollte, einzulassen.
Einen weiteren Tag später fühlte sie sich wieder einigermaßen fit. Sie hatte ihre trübseligen Gedanken geordnet, die Zeit genutzt, über alles nachzudenken. Was blieb, war die Einsicht, an ihrem Vorhaben festzuhalten.

„Ich geh heute zum Training“, verkündete sie ihrer Mutter, die bei einem Glas Rotwein und mit dem Laptop auf dem Schoß auf der Couch saß. Kurz

blickte sie auf.
„Du gehst wieder zum Training?“, fragte sie verwundert, „ich dachte, es wäre dir zu langweilig geworden?“
„Nein, ich brauch mal eine Abwechslung, immer nur ins Kino zu gehen oder mich in Clubs herumzutreiben wird mir langsam zu fad.“
„Das machst du richtig so“, ermunterte sie ihre Mutter, „du musst dir einen eigenen Freiraum bewahren. Viel Spaß.“
Sophie reagierte mit einem schwerfälligen Seufzer, dann machte sie sich mit ihrer Sportausrüstung auf dem Rücken auf den Weg ins Trainingscenter.
Seit zwei Monaten hatte sie nun nicht mehr trainiert, das machte sich in ihrer mangelnden Zielgenauigkeit bemerkbar. Sie traf nicht mehr mit dem Pfeil direkt ins Gelbe, sondern verfehlte das Ziel um einiges. Aber nach zwei Stunden konzentriertem Training landete sie wieder die gewohnten Volltreffer.
Als sie das Trainingscenter verließ, war es bereits kurz nach sieben Uhr. Zügig eilte sie zur Bushaltestelle, zog ihr Handy aus der Jackentasche und rief Achmed an.
Der meldete sich sofort nach dem ersten Klingelzeichen.
„Wo bist? Verdammt, willst du mich verarschen?

Ich habe dich tausend Mal versucht zu erreichen. Was erlaubst du dir, einfach meine Anrufe zu ignorieren?“, brüllte er ungehalten in den Hörer. Sophie blieb ganz ruhig.
„Ich war einige Tage krank“, sagte sie nur, „es tut mir leid.“
„Scheiße! Weißt du, was du angerichtet hast? Ich musste die letzten Tage deine Zimmermiete bezahlen! Das wirst du spätestens morgen alles nachholen. Hast du das verstanden?“
„Ja, verstehe“, gab sie klein bei, „noch mal, es tut mir leid und ich werde den Verdienstausfall natürlich ausgleichen.“
„Ausgleichen?“, brüllte er empört zurück, „du wirst die nächsten Tage schuften, bis du umfällst!“
„Ich kann ja heute Nacht schon mal damit anfangen“, schlug Sophie in besänftigendem Ton vor. „Ich bin auf dem Weg zu dir, dort kann ich mich umziehen und du fährst mich dann in die Bar. Ist das okay?“
„Ja, das ist okay“, erwiderte Achmed zufrieden. Dennoch war er über Sophies Angebot verblüfft. Mit so wenig Widerstand und Einsicht hätte er nicht gerechnet. Er grinste diabolisch und schob Sophies Entgegenkommen auf ihre absolute Hörigkeit, betrachtete es als sein Verdienst, dass Sophie spurte. Mit einem überheblichen Grinsen im Gesicht schenkte er sich ein weiteres Glas

erlesenen Whiskey ein, während er gebannt auf seinen neu erworbenen Designerlaptop starrte, auf dem ein Bild von einem jungen Mädchen zu sehen war.

Eine halbe Stunde später klingelte es an der Haustür. Achmed erhob sich widerwillig und drückte auf den Knopf der Sprechanlage.
„Sophie?“, fragte er kurz und drückte, ohne auf eine Antwort zu warten, auf den Knopf.
„Guten Abend.“ Sophie trat ins Wohnzimmer.
Wie ertappt klappte Achmed den Laptop zu.
„Störe ich?“, erkundigte sie sich schuldbewusst.
Achmed trat einige Schritte auf sie zu und musterte sie argwöhnisch.
„Du siehst blass aus, irgendwie mitgenommen“, stellte er fest. „Ein Hingucker bist du nicht gerade.“
„Nun, kein Wunder, ich war krank, ich hatte eine Grippe“, erwiderte Sophie freundlich und schmiegte sich an seinen Oberkörper heran. „Hast du mich vermisst?“, wollte sie wissen.
„Ja, klar, hab mir Sorgen gemacht, hättest mir ja wenigstens eine Nachricht schicken können, anstatt mich voll auszuknocken.“
Er deutete auf ihren großen Rucksack. „Was ist das?“
„Mein Sportgerät, ich komme gerade vom Training. Ich hab dir doch erzählt, dass ich vor drei

Jahren mit dem Bogenschießen begonnen hatte."
„Hast du nichts Besseres zu tun? Was für ein langweiliger Mist. Das bringt doch nichts, das ist doch verplemperte Zeit. Ich verbiete dir, in Zukunft so deine Zeit zu vergeuden. In der Zeit hättest du richtig Kohle verdienen können."
Sophie zuckte mit den Achseln.
„Es lenkt mich ab, da komme ich auf andere Gedanken. Und so uninteressant, wie du mein Hobby abwertest, ist es nicht. Ich kanns dir ja mal zeigen, vielleicht änderst du dann deine Meinung."
Sie öffnete den Rucksack und holte den Bogen heraus.
„Schau her, das ist ein mongolischer Reiterbogen, nach mongolischem Vorbild geschaffen. Der Wurfarm ist aus Fiberglas und mit Leder überzogen. Dieser Bogen war sehr teuer, mein Vater hat ihn mir geschenkt, er ist ein präzises Geschoss. Trotz seiner immensen Wurfkraft lässt sich der Bogen butterweich spannen. Die Pfeile sind übrigens aus Carbon, unverwüstlich. Mit diesem Bogen halte ich ein Stück Geschichte in der Hand."
Sophie streifte sich ihre Sporthandschuhe über, anschließend legte sie seelenruhig den Pfeil ein.
„Schau her, der Pfeil wird unter den Nockpunkt gelegt, das ist der kleine Messingring, dieser markiert die korrekte Position des Pfeils. Die

Treffsicherheit ist phänomenal. Wenn der Pfeil losschießt, gibt es dieses zischende Geräusch. Ich liebe dieses Geräusch. Möchtest du es mal hören, nur ein einziges Mal?“ Sophie lächelte versonnen. Sophie hatte den Pfeil direkt auf Achmed gerichtet, der wie eine Zielscheibe am Fenster stand und sie entgeistert anstarrte.
„Nimm dieses Scheißding weg“, krächzte er und starrte sie geschockt an. „Willst du mich umbringen?“
„Ja“, antwortete Sophie.
Sie hatte den Bogen bereits gespannt. Einen Wimpernschlag später hatte sich an Achmeds Mimik nicht viel geändert. Seine Augen waren immer noch weit aufgerissen, der Mund stand offen, als wolle er aufschreien. Aber er gab keinen Ton von sich. Sein Gesicht signalisierte das Nicht-Begreifen-Wollen.
Der Pfeil traf ihn direkt ins Herz.
Ein exakter Schuss. Achmed war sofort tot, auch wenn er noch auf den Beinen stand, ein paar Sekunden nur, dann sackte er in die Knie. Sein Oberkörper schwankte.
„Wenn er nach hinten kippt, wäre es für mich am einfachsten.“ Das war der einzige Gedanke, der Sophie in diesem Moment durch den Kopf ging.
Achmed kippte nach vorn.
Ohne mit der Wimper zu zucken, ging Sophie auf

ihn zu, packte ihn am Kopf, zog ihn in die Höhe und platzierte Achmed so, dass sie bequem an den Pfeil kam. Der steckte tief und fest zwischen den Rippen. Sie musste jetzt die Nerven behalten, den Pfeil vorsichtig herausziehen, ohne dass die Spitze abbricht. Sie atmete tief durch, sie war weder nervös noch brachte sie die Situation in Panik. Es war gut, dass sie vor ihrem Vorhaben eine Beruhigungstablette eingenommen hatte. Die Gefahr, unbeherrscht zu handeln, wäre ansonsten zu groß gewesen. So zitterte noch nicht mal ihre Hand, als sie den Pfeil mit äußerster Behutsamkeit und immenser Kraftanstrengung aus seiner Brust zog. Sie biss die Zähne zusammen, bis sie den Pfeil unbeschadet in ihrer Hand hielt. Die Wunde blutete noch nicht mal, aber das sollte sich gleich ändern.
Zielstrebig tastete sie seine Hosentasche ab, in der linken Tasche fand sie, was sie suchte – ein scharfes Springmesser mit einer zehn Zentimeter langen Klinge, das Achmed stets bei sich trug. Sie betätigte den Mechanismus. Das Messer sprang auf. Dann rammte sie ihm das Messer, mit beiden Händen umklammert, direkt in die Einstichwunde hinein. Einmal, zweimal … insgesamt sechsmal. Das musste ihrer Ansicht nach ausreichen, um die Gerichtsmediziner auf eine falsche Spur zu locken. Sophie war klug genug zu wissen, dass

die ursprüngliche Wunde richtig identifiziert worden wäre. Mit einem Pfeil getötet zu werden war etwas Besonderes. Mit Sicherheit würde die Kripo dann in diese Richtung ermitteln. Und wer weiß, vielleicht wäre man dann auf sie gekommen. Sie wollte Zeit schinden, weil sie sich noch nicht sicher war, ob sie für diesen Mord die Konsequenzen übernehmen wollte. Sie wusste es einfach nicht. Nicht in diesem Moment.
Sie stach noch ein siebtes Mal zu. Das Blut spritzte ihr in kleinen Tropfen ins Gesicht, ihre Handschuhe waren ebenfalls blutig. Das Messer nahm sie nicht mehr an sich, sie ließ es in seinem Brustkorb stecken.
Bevor sie ging, blickte sie sich noch einmal im Zimmer um, Spuren hatte sie nicht hinterlassen, sie trug Handschuhe, aber da gab es andere Spuren, die sie ausmerzen musste. Sie nahm sein Handy an sich, entfernte sofort die SIM-Karte und steckte beides in ihre Tasche. Den Laptop, der auf dem Tisch stand, nahm sie ebenfalls an sich. Beides würde sie im Fluss entsorgen.
„Denk nach!", flüsterte sie angespannt und graste ihre Umgebung noch mal ab. Dann straffte sie ihre Schultern, ging leise zur Wohnungstür, öffnete sie mit dem Ellenbogen, lauschte in den Hausflur.
Sie hörte nichts. Die Tür ließ sie angelehnt. Dann eilte sie lautlos die Treppe hinab, die Haustür

öffnete sie ebenfalls mit dem Ellenbogen.

Es war kurz nach acht, als Sophie das Haus verließ. Niemand war ihr begegnet. Als sie zurück Richtung Bushaltestelle lief, fühlte sie sich immer noch etwas benommen. Alles fühlte sich fremd und irgendwie surreal an, als hätte sie fremdbestimmt gehandelt. Dieses Gefühl war mit Sicherheit dem Medikament zu verdanken, das sie eingenommen hatte. Sie trug immer noch die blutigen Handschuhe, das fiel ihr auf, als sie an der Bushaltestelle eintraf. Sie streifte die Handschuhe ab, behielt sie in der Hand.
„Verbrennen“, dachte sie, „ich werde sie zu Hause verbrennen. Oder doch lieber waschen? Die waren verdammt teuer.“
Als sie zu Hause ankam, stand ihre Mutter am Herd.
„Wie wars?“, fragte sie.
„Volltreffer“, flüsterte Sophie. „Alles gut, ich geh schnell duschen“, rief sie ihrer Mutter zu.
„Abendessen ist in zehn Minuten fertig“, erwiderte Klara.
Sophie spurtete die Treppe hinauf ins Bad, schloss die Tür hinter sich ab und ließ kaltes Wasser ins Waschbecken ein. Sie schnappte sich das große Waschpulverpaket, das noch bis zur Hälfte voll war, und leerte den gesamten Inhalt ins

Wasser. Danach warf sie die Handschuhe hinein. Das Wasser färbte sich rosa. Wie betäubt blickte Sophie ins Waschbecken, stierte apathisch auf die blubbernden Seifenblasen, dann begann sie wie wild die Handschuhe aneinander zu reiben, sie rieb und schrubbte, als hinge ihr Leben davon ab. Als sie fertig war, fühlte sich die Haut an ihren Fingern ganz aufgeweicht an. Sie fingerte die Handschuhe heraus, betrachtete sie mit schräg geneigtem Kopf, als hätte sich das Material in seine Bestandteile aufgelöst.

„Sauber“, flüsterte sie, wobei sich ihr Flüsterton übergangslos in ein irres Kichern verwandelte.

Sie wrang die Handschuhe ordentlich aus, legte sie zur Seite. Anschließend schrubbte sie das Waschbecken blitz-blank.

„Wir brauchen neues Waschpulver“, sagte sie ihrer Mutter, die gerade dabei war, den Abendbrottisch zu decken.

„Oh, ich dachte …“

„Nein“, unterbrach Sophie wirsch, „es ist nichts mehr da.“

„Was ist denn mit dir los? Warum so ungehalten?“, reagierte ihre Mutter verwirrt.

„Warum machst du schon wieder Fischstäbchen, die gabs doch erst gestern“, nörgelte Sophie.

„Gestern? Da hab ich doch gar nicht gekocht.“

„Dann eben vorgestern oder vorvorgestern, spielt das jetzt irgendeine Rolle?“, keifte Sophie ihre Mutter an.
Ihre Mutter setzte sich auf den Stuhl, nahm das Besteck zur Hand und sah ihre Tochter verstört an. Sie ließ einige Minuten verstreichen, aß, als wäre nichts Besonderes vorgefallen, segnete ihre Tochter keines Blickes mehr und kaute behäbig wie eine Ziege auf einem Blatt.
Es war ganz still in der Küche, nur das monotone Klicken der Wanduhr war zu hören.
„Na, sag schon“, forderte ihre Mutter Sophie auf. „Was ist passiert, dass du so gereizt bist? Hat dich Achmed verlassen?“ Ihre Mutter schmunzelte bedeutungsschwer.
„Was gibts da zu grinsen?“, fuhr Sophie ihre Mutter an und segnete sie mit feindseliger Miene. „Er ist tot. Ich hab ihn umgebracht, vor genau einer Stunde.“ Sophie stopfte sich ein Fischstäbchen in den Mund.
Ihre Mutter legte das Besteck beiseite, lehnte sich zurück und taxierte ihre Tochter mit ernüchtertem Erstaunen.
„Also daher weht der Wind. Verstehe. Er hat dir wehgetan, dich vermutlich mit einer anderen betrogen. Richtig? Und jetzt ist er für dich gestorben. Kann ich gut nachvollziehen.“
„Gar nichts kannst du“, erwiderte Sophie

aggressiv, „du kannst gar nichts, außer Fehldiagnosen abzugeben."
„Dann korrigiere mich, wenn ich falschliege. Ich für meinen Teil hatte Achmed für einen sympathischen und seriösen jungen Mann gehalten. Allerdings habe ich mich etwas gewundert, dass er ausgerechnet dir seine Aufmerksamkeit geschenkt hat. Du bist noch jung und unerfahren. Ich habe mich gefragt, was du ihm bieten könntest, um ihn zu halten."
Sophie blickte stoisch auf ihren Teller, dann kratzte sie mit der Gabel über das Porzellan. Das unangenehm quietschende Geräusch ließ ihre Mutter zusammenzucken.
„Du bist keine gute Psychologin, du hast versagt, du bist Achmed voll auf den Leim gegangen, er hat dich voll verarscht mit seinem Getue und du hast nichts gerafft!"
„Ich verstehe nicht", erwiderte ihre Mutter konsterniert.
Sophie sah ihr direkt ins Gesicht und lächelte gezwungen.
„Ich kann dir sagen, was ich getan habe, um ihn zu halten.
Ich bin für ihn auf den Strich gegangen, habe mit so vielen Kerlen gefickt und deren Schwänze geblasen wie du dein ganzes beschissenes Leben lang nicht. Er hat mich ausgesaugt wie ein

Blutegel und du hast von allem nichts bemerkt. Bist du immer noch der Meinung, dass du eine gute Psychologin bist? Sag mir, mit vielen Gutachten hast du schon danebengelegen? Wie viele Menschen hast du schon in die Psychiatrie einweisen lassen und wie viele Verbrecher hast vor dem Knast bewahrt – sind wieder auf freiem Fuß, weil du ihnen Schuldunfähigkeit attestiert hast? Du kotzt mich an mit deinen Psychoanalysen. Ich bin das beste Beispiel dafür, dass du nichts kannst!“

Sophie hatte sich in Rage geredet, während ihre Mutter nur mit Kopfschütteln reagierte.

„Du bist völlig verwirrt, bitte, hör auf damit! Du stehst unter Schock! Du weißt gar nicht, was du da sagst. Du bringst Realität und Fiktion völlig durcheinander ... das ist völlig normal, wenn ein Mensch tief verletzt wird.“

Aber Sophie redete weiter. Erst als ihre Mutter mit der Faust auf den Tisch schlug, hielt sie schlagartig den Mund. Für ein paar Augenblicke sah sie ihre Mutter an, mit apathischem Blick. Dann brach sie völlig aufgelöst zusammen, warf den Teller vom Tisch und begann lauthals zu weinen.

„Ich hab ihn doch so geliebt! So sehr“, schrie sie ihre Mutter verzweifelt an, während sie sich mit dem Kopf nach vorn beugte und mehrmals

hintereinander mit der Stirn auf die Tischplatte schlug. Ihre Mutter stand auf, packte sie und drückte sie ganz fest an sich.
„Pscht, alles gut. Ich gebe dir jetzt was zur Beruhigung“, flüsterte sie, „dann schläfst du dich richtig aus. Ein paar Tage bleibst du jetzt im Bett. Du brauchst Zeit, deine Seele muss zur Ruhe kommen.“
„Ich wollte am Wochenende zu Paps nach München fahren. Ich will mit ihm reden. Ich brauch seinen Rat. Verstehst du? Das war fest ausgemacht.“
„München?“, wiederholte ihre Mutter verschnupft.
„Ja, er hat dort eine Wohnung.“
„Vermutlich nicht nur eine Wohnung“, flüsterte ihre Mutter bedeutungsschwanger und für einen Moment wandte sie sich von ihrer Tochter ab, als wäre ihr diese Vermutung wichtiger als Sophies Nervenzusammenbruch.
„Du wolltest mir was geben“, erinnerte sie Sophie.
„Das passt mir nicht, dass du zu ihm fährst“, sagte ihre Mutter, während sie zwei Tabletten in einem Glas Wasser auflöste. „Das fühlt sich an, als fielest du mir in den Rücken.“
„Ich muss es tun, damit ich weiß, wie mein Leben weiter-gehen soll, kapier das einfach.“
„Glaubst du nicht, dass ich dafür der kompetentere Part wäre?“

„Nein, ich brauch keinen Seelenklempner, der nicht kapiert, was ich sage, ich brauch jemanden, der mir zuhört, mich in den Arm nimmt, mir Mut macht, mich tröstet, verdammt, Klara, ich steck voll in der Scheiße und du bist die Letzte, die mich da rausholen kann."
„Okay, gut, wenn du meinst, dann fahr zu ihm. Aber egal, was dich dort erwartet, erzähls mir und verschweige mir nichts. Auch ich muss mein Leben neu sondieren.

13. Kapitel

Drei Tage später begab sich Sophie auf den Weg zu ihrem Vater. Sie fuhr mit dem Zug von Nürnberg zum Münchner Hauptbahnhof, anschließend musste sie noch einige Stationen mit der U-Bahn fahren, um nach Garching zu gelangen, wo ihr Vater zurzeit wohnte.
Als sie vor seiner Wohnungstür stand, war ihr ganz flau im Magen. Sie hoffte sehnlich, dass sich die unheilvollen Vorahnungen ihrer Mutter nicht erfüllten. Dass die Wohnung, vor deren Tür sie nun stand, seine Wohnung ist. Aber als eine Frau die Tür öffnete, war das für Sophie wie ein Schlag ins Gesicht. Daran konnte auch das freundliche Lächeln der Unbekannten nichts ändern. Sophie fühlte sich in diesem Moment verraten. Es kam ihr

vor, als hätten sich alle gegen sie verschworen. Nur mühselig widerstand sie dem Impuls, auf dem Absatz kehrtzumachen.
„Du musst Sophie sein", begrüßte sie die Unbekannte, die Anstalten machte, Sophie in den Arm zu nehmen. Sophie versteifte sich automatisch. Am liebsten hätte sie die Frau von sich gestoßen.
„Ich heiße übrigens Martina", stellte sich die Frau vor und strahlte Sophie wie ein Honigkuchenpferd an.
Sophie schätzte die attraktive Blondine auf Ende dreißig. Die Dame trug einen weiten Pullover, dazu Leggings und bequeme Sneakers, ihre langen Haare hatte sie lässig mit einer Haarspange zusammengesteckt. Obwohl die Frau auf Sophie sehr warmherzig wirkte, konnte sie deren freundliche Unbefangenheit nicht erwidern.
„Du kannst mich ruhig duzen", plapperte die Blondine weiter.
Sophie empfand diese Frau als störend, als Stein im Getriebe, auch wenn sie vor nicht allzu langer Zeit ihrem Vater versichert hatte, dass sie ihn voll und ganz verstehe, wenn er sich in eine andere Frau verliebt hatte. Jetzt, wo sie vor vollendete Tatsachen gestellt wurde, jetzt, wo ihr eigenes Leben völlig aus der Bahn gelaufen, wo Gefahr in Verzug war, jetzt, wo sie ihren Vater nur für sich

allein beanspruchen wollte, kam ihr diese Frau wie eine Feindin vor, die ihre Pläne durchkreuzte.
„Ist mein Paps da?“, erkundigte sich Sophie reserviert, wobei sie es vermied, Martina in die Augen zu schauen. „Nein, er ist einkaufen gefahren, aber er kommt gleich zurück.“
„Einkaufen?“, wiederholte Sophie misstrauisch, „das hat er ja noch nie gemacht, also bei uns zu Hause, meine ich.“
Sie machte eine kurze Pause, war sich ihres sarkastischen Untertons durchaus bewusst.
„Also meine Mutter, seine Frau, die hätte sich bestimmt gefreut, wenn er das für sie getan hätte“, setzte sie noch eins drauf.
Sophie konnte sich ein Schmunzeln nicht verkneifen, als sie bemerkte, wie aus Martinas Gesicht schlagartig das Lächeln verschwand.
Sophie betrat die Wohnung und blickte sich abschätzend um.
„Wie lange leben Sie schon mit meinem Vater zusammen?“, fuhr sie fort. „Ist das seine oder Ihre Wohnung?“
„Das ist meine Wohnung“, erwiderte Martina kleinlaut.
„Ziemlich klein für ein Liebesnest, geradezu spartanisch, wenn man bedenkt, dass wir in Nürnberg ein großes Haus besitzen. Aber gut, das gehört sowieso meiner Mutter, sie hat es von ihren

Eltern geerbt und mit in die Ehe gebracht."
Martina ließ sich von Sophies Bemerkung nicht irritieren.
„Da hast du recht", erwiderte sie, „wir müssen uns demnächst sowieso etwas Größeres suchen, weil …"
Die Wohnungstür wurde plötzlich geöffnet. Sophies Vater stand mit mehreren Einkaufstüten bepackt im Zimmer.
„Sophie! Mein Engel, wie schön, dich zu sehen!", begrüßte er sie hocherfreut. Sophie lief auf ihren Vater zu und umarmte ihn dermaßen überschwänglich, als hätten sie sich jahrelang nicht gesehen.
„Du lieber Himmel, täusche ich mich oder bist du schlanker geworden?", fragte er, während er sie kurz taxierte, dann jedoch seine Aufmerksamkeit seiner Geliebten schenkte, die erwartungsvoll neben ihm stand. Er umarmte sie innig. Für Sophie grenzte das beinahe an Hochverrat, als sie sah, wie Martina ihren geliebten Paps für sich vereinnahmte. Es kam ihr vor, als wolle Martina ihr demonstrieren, dass sie nun die erste Geige in seinem Leben spiele. Sophie schluckte beklemmt. Es fiel ihr verdammt schwer, sich ihre Enttäuschung nicht anmerken zu lassen. Sie kam sich vor wie ein Gast, der sich auf die Gästeliste geschmuggelt hatte. Sie spürte, wie ihre Augen

brannten. Sie musste sich abwenden.
„Nun, meine Lieben, habt ihr euch schon bekannt gemacht? Weiß sie es schon?“, fragte ihr Vater bestens gelaunt an Martina gewandt und ihr aufgeweckt zuzwinkernd.
„Was? Ich verstehe nicht“, reagierte Sophie achselzuckend.
„Ich glaube, das ist jetzt noch nicht der richtige Zeitpunkt“, mischte sich Martina nervös ein. „Nun lass die Sophie erst mal zur Ruhe kommen, die hat eine anstrengende Reise hinter sich. Ich würde vorschlagen, dass wir erst einmal was zu essen kochen.“
„Ja, du hast recht, mein Engel“, willigte Sophies Vater ein und wieder nahm er seine Geliebte in den Arm, küsste sie und streichelte ihr zärtlich über den Bauch.
Für Sophie war nicht nur das Geturtel unerträglich, sondern auch die Erkenntnis, dass ihr Vater seine Kosenamen ziemlich inflationär einsetzte.
„Hilfst du mir beim Kochen, Schatz?“, fragte Martina und streichelte Sophies Vater liebevoll über die Wange.
„Kannst du das nicht allein?“, platzte Sophie dazwischen. Ihr Tonfall wirkte herablassend. „Ich meine, ich bin hierher-gekommen, um mit meinem Vater Zeit zu verbringen“, schob sie in etwas milderem Ton nach und rang sich ein Lächeln ab.

„Da haben wir noch alle Zeit der Welt, mein Engel, ich helf der Martina jetzt, dann ist das Essen auch viel schneller fertig. Du kannst dich in der Zeit ja ein bisschen frisch machen.“ Damit verschwand er mit den Einkaufstüten in die Küche und ließ Sophie stehen.
„Nenn mich bitte nicht mehr Engel“, rief sie ihm nach.
Aber ihr Vater reagierte nicht. Er schloss die Küchentür. Kurz danach vernahm Sophie das energische Murmeln von Martina.

Niedergeschlagen ließ sich Sophie auf das kleine Sofa im Wohnzimmer fallen und starrte apathisch zur Zimmerdecke. Diesmal konnte sie ihre Tränen nicht mehr zurückhalten. Niemals hätte sie für möglich gehalten, dass sie ihrem Vater so gleichgültig sein könnte. Wo waren sein Interesse, seine Liebe ihr gegenüber geblieben? Merkte er denn nicht, dass etwas mit ihr nicht stimmte? Wo waren sein Einfühlungsvermögen, sein sicheres Gespür für emotionale Tiefs, wo war seine liebenswerte Hartnäckigkeit geblieben, mit der er ihr früher alle Geheimnisse entlockt hatte? Sophie wusste die Antwort. Martina war nun die wichtigste Person in seinem Leben, diese Einsicht tat so weh, dass sie den eigentlichen Schmerz, der in ihr brodelte, für einen kurzen Moment vergaß. Aber vielleicht gab es doch noch Hoffnung, ihren Vater für sich zu gewinnen, mit ihm wenigstens ein paar Stunden für sich zu haben. Sie brauchte so dringend seinen Rat, seine Fürsorge, gerade jetzt, wo ihr Leben einem Supergau gleichkam. Wenn er sich ihr jetzt entzog, wusste sie, dass sie verloren war.

Also machte sie gute Miene zum bösen Spiel. Sie spielte die wohlerzogene Tochter, half Martina den Tisch zu decken und lobte sogar das Essen, obwohl sie jeden Bissen herunterwürgen musste.

„Ein Glas Wein?“, fragte sie ihr Vater nach dem Essen. „Zur Feier des Tages.“ Und wieder waren da dieses geheimnisvolle Herumdrucksen und wieder dieses Herumturteln vor ihren Augen. Sophie versuchte sich zusammenzureißen. Trank das Glas Wein zur Hälfte aus, ohne mit ihrem Vater und seiner Geliebten anzustoßen, die sie beide irritiert anstarrten.

„Also, wir wollen dir etwas sagen“, versuchte er eine Einleitung. Seine Miene wirkte feierlich. Sophie hätte ihm am liebsten die Augen ausgekratzt. Sie wollte nicht hören, was er zu sagen hatte.

„Hör auf, Paps“, unterbrach ihn Sophie genervt und verdrehte die Augen. „Du benimmst dich wie ein verliebter Teenager. Ich weiß, was du mir aufs Auge drücken willst. Deine Geliebte bekommt ein

Kind, du wirst noch mal Vater, hurra, du hast eine Frau geschwängert, obwohl du noch verheiratet bist. Das halte ich nicht unbedingt für eine Glanzleistung, eher für eine peinliche Aktion. Mir ist völlig egal, ob deine Geliebte ein Balg bekommt, du kannst nicht erwarten, dass ich dir jetzt vor Freude um den Hals falle. Was mich allerdings wirklich berührt, ist deine Ignoranz mir gegenüber. Ich scheine für dich nicht mehr zu existieren. Du hast mit mir noch kein einziges Wort über meine Belange geredet, mich nicht gefragt, wie es mir geht. Du hast noch nicht mal bemerkt, dass mit mir etwas nicht stimmt ... früher wäre dir das sofort aufgefallen. Ist dir diese Frau ...“, Sophie deutete mit einer beiläufigen Geste Richtung Martina, „ ... mehr wert als deine eigene Tochter? Wenn das so ist, dann sags mir, dann stehe ich jetzt auf und fahr wieder nach Hause.“
Während ihr Vater wie vom Blitz getroffen auf dem Stuhl sitzen blieb, seine Tochter wie einen Geist anstarrte, schob Martina ihren Stuhl geräuschvoll nach hinten und verließ mit weinerlicher Stimme den Tisch.
„Balg ... sie hat zu unserem Kind Balg gesagt, was für eine ungehobelte Person.“
„Was ist?“, provozierte Sophie weiter, „willst du ihr nicht nachlaufen und sie trösten? Sie wartet doch nur drauf. Das wäre ein kleiner Triumph für sie.“

Ihr Vater schüttelte den Kopf und fuhr sich gestenreich durch seine Haare.
„Tut mir leid“, sagte er. „Du hast nicht ganz unrecht, auch wenn du es etwas diplomatischer hättest ausdrücken können.“ Er lächelte müde.
„Ich verspreche dir, dass der morgige Tag ganz allein dir gehört, okay?“
„Dein Angebot in allen Ehren, aber es hört sich wie ein fauler Kompromiss an … irgendwie ist die Situation bereits so verfahren, dass es wohl keinen Sinn mehr macht, einen gemeinsamen Nenner zu finden, und das tut weh, so weh, verdammt, ich brauch deinen Rat, deine Hilfe und du wirfst mir ein paar lieblose drapierte Happen zu.“
Sophie begann zu weinen. Ihr Vater stand auf, drückte sie an sich und versuchte sie zu trösten.
„Was bedrückt dich, mein Engel, sags mir einfach, raus damit, vielleicht kann ich dir helfen.“
Sophie benötigte noch ein paar Sekunden, bis sie sich beruhigt hatte.
„Ich habe vor einigen Monaten jemanden kennengelernt und mich in ihn bis über beide Ohren verliebt.“
„Sehr schön, und wie heißt der Glückliche?“
„Achmed.“
„Wie bitte? Wie heißt der Kerl?“
„Achmed“, wiederholte Sophie unbehaglich.

„Das ist aber kein Deutscher, oder?“ Ihr Vater nahm den Arm von ihrer Schulter.
„Nein, er hat … hatte arabische Wurzeln, aber er ist, also war, in Deutschland aufgewachsen.“
Ihr Vater kniff ungläubig die Augen zusammen und starrte Sophie völlig verständnislos an.
„Das ist jetzt nicht dein Ernst? Oder? Du hast dich nicht wirklich mit einem Kameltreiber eingelassen, das kannst du mir nicht antun. So blöd kannst du nicht sein, nicht du, nicht meine Tochter! Bitte sag, dass das nicht wahr ist. Bitte enttäusch mich nicht.“
„Doch, es ist wahr“, erwiderte sie bedrückt. „Und es tut mir leid, dass ich dich enttäuschen muss. Ich hätte auf Klara hören sollen. Die hat gleich gesagt, dass ich es dir nicht sagen soll. Sie hatte Achmed gegenüber weit weniger Vorurteile als du, sorry.“
„Deine Mutter hat davon gewusst? Ist der Typ bei uns vielleicht noch ein- und ausgegangen … in meinem Haus?“
„Es ist nicht dein Haus, Paps“, konterte sie wütend und stand auf. „Ich glaube, ich gehe besser, es macht alles keinen Sinn, du bist verbohrt, du bist ein Idiot, geh zu deiner Geliebten und streichle ihr den Bauch.“
„Ich bitte dich, sei vernünftig, Sophie, ich meins doch nur gut“, versuchte ihr Vater zu schlichten.

„Aber mein Misstrauen ist nicht unberechtigt, gerade vor zwei Tagen stand was in der Zeitung, da wurde in Nürnberg so ein Typ erstochen, der gehörte einem arabischen Clan an, die Typen verdienen ihr Geld mit Zuhälterei, Schutzgelderpressung und anderen kriminellen Machenschaften. Diese Clans sind groß, verfügen über ein undurchschaubares Netzwerk, verdammt, Sophie … scheiße, wie hieß dein Typ noch mal?"
Ohne auf eine Antwort zu warten, stand ihr Vater auf und kramte unter dem Couchtisch eine Zeitung hervor.
„Schau her, hier … schau genau hin, kennst du den, der heißt auch Achmed, das ist doch jetzt hoffentlich ein Zufall. Kennst du den Typ, handelt es sich dabei um deinen Kerl?"
Sophie blickte mit vertränten Augen auf die Zeitung, nahm sie in die Hand und versuchte den Text zu lesen, der unter dem abgebildeten Foto stand. Auch wenn Achmeds Augen mit einem Augenbalken versehen waren, konnte sie ihren Geliebten erkennen.
Sophie nickte.
„Du kennst das Schwein?", brüllte sie ihr Vater unbeherrscht an und schlug mit der Zeitung auf Sophie ein. „Willst du damit sagen, dass das der besagte Kerl ist?"
Sophie nickte.

„Oh Gott! Das darf nicht wahr sein. Meine Tochter gibt sich mit Schwerkriminellen ab. Was ist nur aus dir geworden? Wie kannst du mir das antun? Das muss ich erst mal verdauen. Geh mir aus den Augen! Deine Mutter kann was erleben, die werde ich mir zur Brust nehmen. Ein Grund mehr, mich von dieser Frau zu trennen."

„Ich glaube nicht, dass du das Recht hast, dich als Moralapostel aufzuspielen. Wie sich die Zeiten doch ändern. Ich hätte nie für möglich gehalten, dass ich mich Klara gegenüber mehr verbunden fühle als dir. In der Not zeigt sich eben, wer Charakterstärke besitzt und wer nicht."

„Geh mir aus den Augen!", fauchte er Sophie an.

„Nichts lieber als das", erwiderte sie und schnappte sich die Zeitung. Sie griff nach ihrem Koffer, der immer noch unausgepackt in der Diele stand, und verließ lautlos die Wohnung.

Erst nach ein paar Sekunden raffte sich Sophies Vater von der Couch auf, begriff, dass er unüberlegt gehandelt hatte.

„Sophie! Komm sofort zurück! Bitte entschuldige, ich habs nicht so gemeint!", rief ihr Vater.

Er riss die Wohnungstür auf, rannte die Treppe hinab und stürmte auf die Straße, aber Sophie war weit und breit nicht mehr zu sehen. Dafür kam ihn Martina entgegengelaufen.

„Sie ist schon über alle Berge", informierte sie

schnippisch.
„Ich sollte sie zurückholen“, flüsterte er nachdenklich.
„Lass sie, sie weiß schon, was sie tut. Sie ist alt genug.“

Sophie hatte die U-Bahn-Station erreicht. Sie wusste nicht genau, mit welchem Zug sie fahren musste. Es war ihr zu diesem Zeitpunkt auch völlig gleichgültig, genauso egal wie die eingehenden Sprachnachrichten auf ihrem Handy, die allesamt von ihrer Mutter stammten.
„Dein Vater hat gesagt, dass du auf den Weg nach Hause bist. Sophie, ich hab den Artikel in der Zeitung gelesen … alles wird gut, ich stehe zu dir … Sophie, sag mir, wo du bist, ich hole dich ab.“
Tatsächlich hatte ihre Mutter, kurz nachdem Sophie das Haus verlassen hatte, im Internet recherchiert und war auf besagten Artikel gestoßen:

Mord im Milieu
In der Nacht vom Samstag zu Sonntag wurde ein junger Mann in seiner Nürnberger Wohnung erstochen. Bei dem Mann handelt es sich um Achmed M. Sein Cousin Harkan M. hatte ihn mit einem Messer in der Brust aufgefunden. Bei dem Ermordeten handelt es sich um einen Mann, der

bei der Polizei erkennungsdienstlich erfasst war. Achmed M. war bereits wegen räuberischer Erpressung, verbotenem Glücksspiel und Zuhälterei vorbestraft.
Laut Aussage der ermittelnden Kriminalbeamten geht man von einem Rachemord zwischen konkurrierenden arabischen Clans aus. Achmed M. wurde mit sieben Messerstichen getötet.

Als Sophies Mutter diesen Artikel las, war ihr nun klar, warum Sophie ihr diese merkwürdigen Dinge an den Kopf geworfen hatte. Natürlich glaubte sie nicht daran, dass Sophie Achmed umgebracht haben könnte, aber dass er sie vermutlich tatsächlich auf den Strich geschickt, sie auf schändliche Weise missbraucht hatte, diese Erkenntnis war ihrer Ansicht nach nicht mehr von der Hand zu weisen. Sie machte sich Vorwürfe, Sophies Bemerkungen und Behauptungen nicht ernst genommen zu haben, sie leichtfertig als Neurose abgetan zu haben. Klara war außer sich. Die Vorstellung, dass sie sich nun ihrem Vater anvertraute, schien ihr unerträglich. Sie hatte Panik, dass er falsch reagieren könnte, überstürzt handelte, sie zur Polizei schleppte und einen Stein ins Rollen brachte, anstatt überlegt zu handeln. So rief sie bei ihm an. Ließ seine beleidigenden Schimpftiraden über sich ergehen, hörte ihm mit

zugeschnürter Kehle einfach zu, während ihr das Herz vor Angst bis zum Hals klopfte. Als er sich dann endlich beruhigt hatte, erfuhr sie dann, dass sich Sophie bereits wieder auf dem Heimweg befand. Klara wollte keinesfalls, dass ihre Tochter jetzt allein war. Sie brauchte Hilfe, psychologischen Beistand, jemanden, der ihr keine Vorwürfe machte. Der Gedanke, dass ihre Tochter nun unter Umständen ziellos und völlig verstört durch die Straßen irrte, trieb sie fast zum Wahnsinn.
Sophie … verdammt, bitte melde dich, wo bist du???
Diese Nachricht schickte sie mehrmals ab.
Klara bekam keine Antwort. Das ungute Gefühl, dass die Zeit gegen sie arbeitete, schwelte in ihrem Inneren. Sie musste etwas tun. Irgendwas. Alles war für Klara besser, als zu Hause die wertvolle Zeit totzuschlagen. Die Option, die Polizei einzuschalten, hielt sie für falsch. Also setzte sie sich ins Taxi und ließ sich nach München fahren, obwohl Klara nicht genau wusste, wo sie ihr Kind finden könnte. Der U-Bahnhof erschien ihr am logischsten.
„Ich finde dich, ich finde dich“, flüsterte sie gebetsmühlenartig vor sich hin.

Während ihre Mutter Richtung München raste, saß

Sophie allein und völlig niedergeschlagen auf einer Bank in der U-Bahn-Station. Anfangs beobachtete sie noch die vielen Passanten, die eilig an ihr vorbeiwuselten. Es waren viele Pärchen unterwegs, sie vernahm das unbekümmerte Lachen, sah, wie sich die Paare aneinanderschmiegten, sich küssten. Ein Anblick, der für sie kaum zu ertragen war und ihr die Tränen in die Augen trieb. Der Schmerz, Achmed verloren zu haben, saß so tief, dass sie glaubte innerlich zu brennen. Seit einigen Tagen schon quälten sie Zweifel. Sie war sich einfach nicht sicher, ob sie das Gespräch, das sie in der Tanzbar aufgeschnappt hatte und das der Auslöser für ihre Tat war, wirklich richtig verstanden hatte. War es wirklich Achmeds Stimme? Sie konnte sich auch nicht mehr daran erinnern, dass ihr Name gefallen war. Der Verdacht, dass alles nur ein Missverständnis war, ließ sie nicht mehr los. Sie hatte einen Menschen getötet, weil sie womöglich etwas falsch interpretiert hatte. Eine unerträgliche Situation. Wie sollte sie mit dieser Schuld weiterleben? Machte das überhaupt noch Sinn? Sie nahm ihr Smartphone zur Hand, betrachtete Fotos. Es waren die Bilder, die Achmed damals im Brautgeschäft von ihr geschossen hatte. Sie sah so wunderschön aus in diesem Prinzessinnenkleid

aus Satin und Spitze.
Ich werde es dir kaufen, wenn die Zeit reif ist, meine Prinzessin, ich verspreche es dir, hallte seine Stimme wie ein fernes Echo durch ihren Kopf.

Sophie legte das Handy beiseite und starrte stoisch ins Leere, erinnerte sich an all das, was er ihr damals gesagt hatte.
… du hast sonst niemanden mehr auf dieser Welt, der sich um dich sorgt. Du bist die Tochter einer alkoholsüchtigen, psychisch kranken Mutter und eines Vaters, der eine Geliebte hat. Deinen Eltern bist du scheißegal. Ich bin der einzige Mensch auf dieser Welt, der zu dir hält, dem du vertrauen kannst …
„Wie recht er doch hatte“, dachte sie. „Ich habe tatsächlich niemanden mehr auf dieser Welt.“
Kurz blickte sie auf ihr Display. Eine erneute Nachricht von ihrer Mutter war eingegangen. Sie schrieb, dass sie jetzt gleich in München einträfe, und fragte, an welcher U-Bahn-Station sie sei und ob es ihr gut gehe.
Sophie nahm das Smartphone in ihre Hand, sie lächelte gequält. Nie hätte sie gedacht, dass sich ihre Mutter so um sie sorgte. Aber vielleicht war das auch nur Mittel zum Zweck. Gedanklich malte sich Sophie bereits aus, wie sie ihre Mutter mit

ihren inquisitorischen Fragen nerven würde. Vermutlich würde sie Sophie gleich zur Polizei schleppen, dann in die Psychiatrie einweisen lassen. Ihre Tochter selbst zu therapieren würde sie sich sicher nicht aufhalsen. In Sophies Augen wäre das auch vergebene Mühe. Noch immer blickte sie unentschlossen auf das Display. Dann tippte sie eine Nachricht.
Mir geht es gut, bin im U-Bahnhof Garching.

Als ihre Mutter die Nachricht bekam, fiel ihr ein Stein vom Herzen. Sie war dermaßen glücklich, dass sie einen Schrei der Erleichterung von sich gab.
Alles wird gut, meine Kleine, alles wird gut.
Mit einem Strahlen im Gesicht wies sie den Taxifahrer an, zum angegebenen Ziel zu fahren. Nach Aussage des Taxifahrers trennten sie gerade noch zehn Minuten vom Ziel. Klara war in der Zwischenzeit fieberhaft damit beschäftigt, sich die richtigen Worte für ihre Tochter zurechtzulegen. Keine Vorwürfe, keine Fragen stellen, nichts weiter tun, als sie trösten, das war das Einzige, womit sie ihrer Tochter etwas Gutes tun konnte.

Sophie saß immer noch auf der Bank. Sie hatte ihr Handy in die Tasche gesteckt und blickte sich suchend um. In spätestens zehn Minuten müsste ihre Mutter eintreffen. Sophie warf noch einen Blick auf die Bahnhofsuhr. Es war genau acht Minuten vor acht. Sie stand auf und schlenderte Richtung Bahnsteig. Mittlerweile war es ziemlich leer geworden. Nur einige Passagiere standen in der Nähe vom Gleis und wischten abgelenkt auf ihrem Handy herum. Aus der Ferne vernahm Sophie ein Rauschen. Sie beugte sich über die Bahnsteigkante, konnte die Lichter des Zuges erkennen. Sie wandte ihren Blick auf das gegenüberliegende Werbeplakat, das für erneuerbare Energien warb.

„Ein Schritt in die richtige Richtung“, stand darauf geschrieben. Sophie lächelte.

Der Zug kam näher, sie lief ihm einige Schritte entgegen, warf einen interessierten Blick auf die Gleise.

Als der Zug nur noch knapp fünfzehn Meter von ihr entfernt war, sprang sie auf die Gleise.

Obwohl der Zugfahrer bremste, kam die Bahn nicht mehr zum Stehen. Sie war sofort tot.

Sophie wäre am nächsten Tag sechzehn Jahre alt geworden.

ENDE

Leseprobe

Der Schönquäler

Psychothriller (Simone Malina)

Prolog

„Es gibt viele Wege ins Verderben", sinnierte er bedächtig, wobei er sie herablassend betrachtete. „Du hast dir freiwillig einen ausgesucht und es war beileibe keine kluge Wahl, die du getroffen hast", fuhr er fort.
Er räusperte sich und grinste verächtlich, ließ seinen Blick über ihren Körper gleiten, während sie mit gesenktem Kopf dastand, in ängstlicher Erwartung seinen Worten lauschte und am ganzen Leib zitterte, obwohl es angenehm warm war und ihre Umgebung eigentlich keinerlei Anlass bot, sich zu fürchten. Sie war weder gefesselt noch stand sie in einem heruntergekommenen Kellerverlies, aus dem es kein Entrinnen gab. Sie war auch nicht verletzt, litt keine Schmerzen, hatte weder Durst noch Hunger und ihr Äußeres deutete

auch nicht darauf hin, dass sie einer Bestie zum Opfer gefallen war, die sie misshandelt hatte. Ganz im Gegenteil. Sie sah aus wie ein Model, das für Strandaufnahmen gebucht worden war. Sie trug einen Bikini. Das Oberteil war aus beigefarbener Wolle gehäkelt, das Höschen war aus gelbem Stoff mit weißen Punkten, dessen Enden an den Hüften zusammengebunden war. Die Sandalen, die sie trug, waren flach, mit bunten Steinchen und Quasten verziert, die braunen Lederriemen waren um ihre schmalen Fesseln gebunden. Der große Sonnenhut auf ihrem Kopf, die große Muschelkette um ihren Hals und die langen honigblonden Haare, die ihr bis über die Brust reichten und die in sanften Wellen aus dem Hut hervorlugten, perfektionierten das Gesamtbild. Sie war eine schöne junge Frau. Eine von jenen Geschöpfen, die nicht billig, sondern graziös und unnahbar wirkten. Irgendwie erinnerte ihr Antlitz an eine junge französische Diva aus den Siebzigern. Selbst ihr Name passte wie maßgeschneidert – Isabel. Ein Name, der einem vollmundigen Versprechen gleichkam. Noch vor geraumer Zeit war ihr dieser Name wie eine Mogelpackung erschienen. Aber diese Zeit war schon lange vorbei, so lange, dass es ihr vorkam, als wäre es nie wahr gewesen. Als wären ihr dieser schöne Körper und ihr hübsches Gesicht

bereits in die Wiege gelegt worden –wertvolles Genmaterial, um das sie jede Frau beneidete. Bei diesem Gedanken huschte ein gequältes Lächeln über ihr Gesicht, weil ihr klar war, dass sie dafür einen hohen Preis bezahlt hatte, der von kaum vorstellbaren Qualen und Demütigungen geprägt gewesen war. Dennoch zweifelte sie daran, ob sie sich damals anders entschieden hätte. Damals, als sie diesem Mann, der ihr nun feindlich gesinnt gegenüberstand, begegnete. Schließlich war die Verlockung, eine schöne Frau zu werden, so groß, dass sie die bevorstehende Tortur freiwillig in Kauf genommen hatte. Wie heißt es so schön: *Wer schön sein, will muss leiden?*
Aber dass die erlittene Qual ihr Vorstellungsvermögen weitaus überschreiten könnte, damit hatte sie natürlich nicht gerechnet. Dafür war sie einfach zu gutgläubig, zu naiv und vor allem fanatisch genug, eine andere Frau zu werden. Eine, die dem Schönheitsideal entsprach.

Jetzt stand sie hier – unfreiwillig.
An jenem Ort, wo ihr Leid begonnen hatte und sie bis jetzt nicht wusste, wie er es geschafft hatte, sie hierher zu schleppen, und warum sie diesen Bikini trug – den Hut, die Schuhe, aber sie wusste, dass diese Kombination sein Lieblingsoutfit war, dass er diese Accessoires in identischer Ausführung

mehrfach in einem geheimen Schrank hortete und dass es ein vergilbtes Poster gab, das hinter einem Glasrahmen in seinem Wohnzimmer an der Wand hing. Und sie wusste, dass er das Abbild wie eine wertvolle Reliquie verehrte.

„So wie sie wirst du eines Tages aussehen“, hatte er damals gesagt, „und um das zu erreichen, wirst du durch die Hölle gehen.“

Und tatsächlich sollte sich seine Prophezeiung erfüllen. Mittlerweile wusste sie, dass er nicht nur Wort gehalten hatte, sondern dass sich hinter seiner kultivierten Fassade ein gnadenloser Sadist verbarg. Keine Gnade geschweige denn Mitleid empfand, als er ihr ihre erste Lektion erteilte, sie lehrte, was es hieß, Disziplin zu üben, lehrte, den eigenen Schweinehund zu überlisten, Kampfgeist zu entwickeln und sie vor allem kapierte, dass man im Leben nichts geschenkt bekam, erst recht nicht ein beneidenswertes Aussehen.

Damals schwor sie sich, so schnell wie möglich abzuhauen. Aber ihr Vorhaben scheiterte. Es ergab sich keine Möglichkeit. Er hielt sie gefangen – nicht wie ein Tier in irgendeinem Verschlag, sondern in einem exklusiven Ambiente, das nicht darauf hindeutete, dass sie hier Qualen erleiden würde. Qualen, die ihr zu ihrem heutigen Aussehen verhalfen hatten.

Dennoch musste sie sich eingestehen, dass sich

die Torturen gelohnt hatten. Mit der „alten Isabel“ wollte sie keinesfalls mehr tauschen. Ja, sie hatte Blut geleckt, aber war über das Ziel hinausgeschossen, hatte sich auf verbotenes Terrain begeben. Jetzt wurde ihr offensichtlich die Quittung serviert und diese Erkenntnis schnürte ihr förmlich die Kehle zu. Sie hatte panische Angst, spürte, dass sie sich in äußerster Gefahr befand, dennoch kam ihr nicht in den Sinn, dass sie ihren Fehler vielleicht sogar mit ihrem Leben bezahlen könnte.
„Das würde er nie tun“, dachte sie. „Was hatte er vor?“, sinnierte sie weiter, während sie mit resigniertem Blick ihre Umgebung abgraste. Sie tat es, um eventuelle Anhaltspunkte zu finden und um dem sezierenden Blick ihres Gegenübers auszuweichen, das sie immer noch anstarrte wie ein hungriger Wolf seine Beute.
Sie war schon unzählige Male hier gewesen – hier in diesem exklusiven Poolhaus, ein Nebengebäude seiner Villa, ein Wellnessparadies, das den Eindruck vermittelte, als sei man in einem Luxushotel. Hier gab es alles. Hier konnte man entspannen, sich wohlfühlen, die Seele baumeln lassen – aber eigentlich auch gut sterben.
Isabel presste die Lippen zusammen.
„Wie komme ich bloß hier weg?“, dachte sie, während ihr Blick nach rechts schweifte. Die

Glastür, die in den Saunabereich führte, stand offen. Sie konnte die Umrisse der großen finnischen Sauna erkennen, den metallenen Handlauf der Leiter, die in den Whirlpool führte, dessen Wasser eiskalt war. Sie schaute nach links, sah den Fitnessraum, auch hier stand die Tür weit offen, sodass sie das große Laufband erkennen konnte. Ihre Augen wanderten weiter und blieben an einer Säule hängen, dem „Sarkophag", so wie er ihn nannte. Dabei handelte es sich um einen engen, stillgelegten Kamin, einen Verschlag – fünfzig Zentimeter tief, fünfzig Zentimeter breit und grad mal einen Meter siebzig hoch. Für Menschen, die an Klaustrophobie litten, erzeugte allein die Vorstellung, darin eingesperrt zu sein, Panikattacken und Isabel gehörte zu diesen Menschen und sie wusste, wie es sich anfühlte, lebendig eingemauert zu sein. Über Stunden in absoluter Dunkelheit bewegungslos auf beiden Beinen stehen zu müssen, den Kopf gesenkt, und sie wusste, wie es sich anfühlte, wenn der Sauerstoff knapp wurde, wie es sich anfühlte, wenn sich die Schmerzen in ihren Beinen ausbreiteten, sie irgendwann taub wurden, aber sie nicht zusammenbrach, weil kein Platz war. Stundenlang musste sie unendliche Qualen ertragen, nur weil sie der Versuchung nicht widerstehen konnte, ihre Aufgaben, so wie er es

nannte, nicht erfüllt hatte. Dann musste sie büßen. Da half auch kein Schreien, kein Wimmern, das war kontraproduktiv. Erstens, weil sie sowieso niemand hören konnte, und zweitens, weil sie nur sinnlos Energie vergeudete. Aber sie tat es trotzdem, aber nur einmal.
Ihr Puls beschleunigte sich schlagartig, als er sich provozierend an die Mauer des Kamins lehnte, die schmale Tür öffnete, so, als wolle er die Funktionalität prüfen. Die Scharniere gaben ein quietschendes Geräusch von sich. Isabel verband mit diesem Ton nur eins – Höllenqual.
Sie bekam plötzlich Herzrasen, dennoch versuchte sie sich zu beherrschen, atmete bewusst tief ein und aus, bis sie ihren Kreislauf wieder im Griff hatte. Sie blickte wieder zu Boden, starrte wie paralysiert auf die bunten Mosaikfliesen, die reliefartig zusammengefügt waren und eine schöne Musterung ergaben. Ihre Körperhaltung wirkte erschlafft. Seit einer Stunde stand sie nun schon hier. Ihre Beine schmerzten allmählich vom langen Stehen, während ihr Gegenüber mittlerweile in einer der bequemen Wellnessliegen saß, genussvoll an seinem Whiskeyglas nippte und sie unablässig angaffte, dabei ab und an schwerfällig seufzte, als würde er vor ihrem Anblick erschaudern, als müsse er eine schwierige Entscheidung fällen, die ihm

Überwindung kostete. Isabel sah ihm an, dass es in seinem Kopf wie ein Räderwerk arbeitete, dass er irgendetwas in seinem Hirn ausbrütete, und sie war sich sicher, dass er nichts Gutes im Schilde führte.
Vielleicht würde er sie wieder kopfüber mit Zuhilfenahme
eines Flaschenzuges in den Pool tauchen, knapp bis zur Nase, bis sie sich wie ein Fisch am Angelhaken wand. Aber das war alles nichts im Vergleich zum „Sarkophag" – das war die Höchststrafe.
Dennoch gab es viele Möglichkeiten, sie zu bestrafen. Sein kranker Geist war erfinderisch, seine Seele so schwarz wie Rabenfedern. Sie spürte, wie sich ihre Nackenhaare aufrichteten, weil er sie immer noch anstierte. Der Fanatismus stand ihm ins Gesicht geschrieben.
Die Stille war kaum noch zu ertragen.
Sie wollte etwas sagen, etwas tun. Vielleicht konnte sie ihn besänftigen, seine Gedanken mit Reue durchkreuzen, damit endlich dieses Angst einflößende Glimmen in seinen Augen erlosch.
Aber die Worte blieben ihr in der Kehle stecken.
Sie wagte es nicht, ihn anzusprechen, wich weiterhin seinen Augen aus, die wie Dolchspitzen ihren Körper zu durchbohren schienen.
Sie blickte auf den Pool, der sich etwa zwei Meter

vor ihr über eine Länge von knapp zehn Metern erstreckte. Sie stierte auf das blau schimmernde Wasser, in das sie jetzt am liebsten hineingesprungen wäre, um sich abzukühlen. Es wären nur ein paar Schritte gewesen und sie hätte dieses Bedürfnis in die Tat umsetzen können, aber sie blieb wie angewurzelt stehen, wandte ihren Blick vom Wasser und blickte geradeaus zur Stirnseite des Pools, zu den orangefarbenen Lamellen, die normalerweise nicht zugezogen waren. Heute waren sie so dicht wie ein Theatervorhang verschlossen. Obwohl sich dahinter nur eine Lounge verbarg, deren Ambiente einer Strandbar nachempfunden war, mit echtem Sand, großen Palmen, zwei Strandkörben, einer Bar, flankiert von Tischen und Stühlen. Nie hatte sie erlebt, dass das Rollo zugezogen war.
Warum jetzt?
Ihr Herz klopfte, als sie ihren Blick an die Decke heftete, eine dekorative Stahlkonstruktion, an der einige Lampen befestigt waren. Sie kniff die Augen ganz fest zusammen, weil sie glaubte, etwas zu sehen, was nicht dorthin gehörte. Als sie den Fremdkörper erkannte, blieb ihr fast das Herz stehen.
„Nein, du spinnst“, versuchte sie sich zu beruhigen. „Das ist nicht das, wonach es aussieht.“

Sie widerstand dem Impuls, noch genauer hinzusehen, richtete ihr Augenmerk wieder aufs Wasser, versuchte ruhig zu bleiben, obwohl sie das Blut in ihrem Kopf rauschen hörte und das Pulsieren ihrer Halsschlagader spürte.
„Alles wird gut!“, redete sie sich zu.
„Warum!“, vernahm sie seine Stimme, die wie ein Peitschenhieb ihre Gedanken durchkreuzte.
Sie erschrak, zuckte zusammen.
Es war, als hätte er auf ihren Gedanken geantwortet. Sie schluckte beklemmt.
„Die Frage könnte ich genauso gut stellen“, antwortete sie – trotziger als beabsichtigt. Das war nicht klug. Sie sollte kleine Brötchen backen – ganz, ganz kleine.
„’tschuldigung“, verbesserte sie sich räuspernd.
Er grinste zufrieden.
„Hatte ich dir nicht beigebracht, gerade zu stehen?“, fauchte er sie an. Er stand mittlerweile hinter ihr. Stieß ihr die flache Hand dermaßen grob in den Rücken, dass Isabel ein paar Schritte nach vorn stolperte. Blitzartig richtete sie sich wieder auf und straffte ihre Schulter, streckte ihre Brust raus und erinnerte mit ihrer Haltung an einen Rekruten.
„Ja, das hattest du mir beigebracht“, murmelte sie ergeben.
„Na, geht doch“, zischelte er, während er ihr so

nah gekommen war, dass sie seinen Atem auf ihrer Haut spüren und sein Aftershave riechen konnte. Früher hatte sie diesen Geruch aus einer Mischung von Limette und Sandelholz gemocht. Heute löste seine Duftmarke bei ihr fast einen Würgereiz aus. Sie schluckte trocken. Angewidert wandte sie ihren Kopf von ihm ab,
aber er packte sie grob am Kinn und zwang sie somit, ihn anzusehen.
„Isabel“, hauchte er ihr zu. Sie spürte den Luftzug seines Atems über ihrer Haut. „Meine Isabel, mein Meisterwerk.“
Auch wenn seine Stimme sanft klang, so konnte sie den unheilvollen Unterton herausfiltern.
„Was ist schiefgelaufen zwischen uns?“ Sein Blick bohrte sich in ihre Augen, seine Stimme klang melancholisch, während er eine Haarsträhne um seinen Finger wickelte. Eine scheinbar harmlose Geste. Ein markerschütternder Schrei hallte durch die Halle, als er ihr die Haarsträhne mit brachialer Gewalt an einem Stück herausriss.
„Was hast du vor?“, nuschelte sie angsterfüllt, blickte ihn mit tränenverschleierten Augen an. Sie hatte keine andere Wahl, weil er ihr gewaltsam mit Daumen und Zeigefinger den Mund zusammenquetschte.
„Gute Frage“, schnalzte er, „passt gar nicht zu dir“, fügte er noch sarkastisch an, wobei er ihr mit

einem unvermittelten Handgriff das Oberteil von ihren Brüsten riss, sodass sie oben ohne dastand. Reflexartig griffen ihre Hände nach dem Oberteil, um ihre Brüste wieder zu bedecken.
„Lass das!“, brüllte er sie an, „sonst fackle ich nicht lange herum und hole mir gleich das zurück, was mir gehört!“ Er grinste dämonisch, wandte sich von ihr ab, setzte sich auf seinen Platz und nahm das große Lederetui zur Hand, das neben der Liege auf einem Beistelltisch lag.
„Was meinst du damit?“, begann sie panisch zu wimmern.
„Was ich damit meine?“, murmelte er gleichgültig, während er demonstrativ das Etui öffnete, ein Skalpell herausnahm und beiläufig spielend sich mit der fünf Zentimeter langen Klinge die Nägel säuberte.
„Ich werde die Zeit zurückdrehen“, entgegnete er kryptisch.
„Was meinst du damit … die Zeit zurückdrehen … was soll das, das ist absurd!“, erwiderte Isabel alarmiert.
„Ich werde dir das Gegenteil beweisen“, erwiderte er salopp. „Ich werde dich wieder zu der Frau machen, die du vor einigen Monaten noch warst. Eine unscheinbare, übergewichtige und depressive Schabracke. Glaubst du ernsthaft, ich kriege das nicht hin? Glaubst du, das geht nicht?

Willst du mein chirurgisches Können infrage stellen … du kleines, hinterhältiges Luder?"
Er war mittlerweile aufgestanden, näherte sich Isabel mit dem zwanzig Zentimeter langen Skalpell in der Hand und ließ es direkt vor ihren Augen spielerisch hin und her wippen. Isabel starrte mit offenem Mund auf das Operationsbesteck, folgte seiner Hand, die sich ihrem Bikinioberteil näherte, hielt die Luft an, als er die Mitte des Oberteils wie Papier durchtrennte, sich das Kleidungsstück löste und ihre Brüste nun endgültig freilegte. Wieder versuchte sie instinktiv mit ihren Händen ihre Blöße zu bedecken. Ein Impuls, der ihrem Gegenüber einen lautstarken Lacher entlockte, während die Klinge sich bereits ihrem Höschen näherte. Zwei kaum wahrnehmbare Schnitte, und das Höschen fiel zu Boden. Anschließend griff er nach ihrem Hut und ließ ihn wie eine Frisbeescheibe über das Wasser fliegen, fast zeitgleich riss er ihr die Muschelkette vom Hals. Er steckte das Skalpell in die Brusttasche seines Hemdes, schlenderte zurück, entnahm etwas aus einer silbernen Schatulle, die ebenfalls auf dem Beistelltisch stand.
„Ich habe einen viel besseren Halsschmuck für dich", flüsterte er ihr ins Ohr. „Etwas Zeitloses, etwas, das dir sehr vertraut ist."
„Nein, bitte … ich tu, was du willst, aber bitte …"

Isabels Stimme versagte in jenem Moment, als er ihr das Hundehalsband anlegte. Sie begann ungehemmt zu schluchzen.
„Bitte, nicht das Halsband, bitte, Rasmus, bitte …“, bettelte sie – vergebens.
„Glaubst du, wenn du meinen Namen sagst, werde ich weich? Für was hältst du dich?“, entgegnete er lächelnd. „Und überhaupt, das Halsband sollte dir weit weniger Sorgen bereiten als das hier.“
Wieder hielt er ihr das Skalpell vors Gesicht.
„Damit, meine Liebe, werde ich die Zeit zurückdrehen, auch wenn das für mich bedeutet, dass alle Arbeit umsonst war. Aber du hast mir keine Wahl gelassen.“
Isabel blickte auf das Messer, spürte die Klinge auf ihrer Haut, mit der er sanft die Umrisse ihrer Brüste nachzog.
„Einfach perfekt! Ich habe dir schöne Brüste gemacht …325 ml auf jede Seite, ohne Narben, weil ich mir die Mühe gemacht habe, die Implantate unter den Brustmuskel zu setzen, dafür musste ich dir deine Brustwarzen versetzen, auch das ist mir meisterhaft gelungen.“ Er umkreiste mit dem Skalpell ihre Brustwarzen und erhöhte dabei den Druck, sodass Isabel einen stechenden Schmerz verspürte.
„Bitte“, wimmerte sie.

Er überhörte ihre Bitte, schien ganz in Gedanken, während er das Messer weiter zu ihrem Bauch gleiten ließ.
„Kannst du dich noch an deine Wampe erinnern?“, zischelte er abfällig. „Nichts mehr zu sehen. Ich habe dir nicht nur das Fett abgesaugt, ich musste dir auch ein Stück Bauchfett wegschneiden.“
Er stupste ihr Kinn nach oben und lächelte sie an. Ein mechanisches Grinsen, das an die Fratze eines Irren erinnerte.
„Kannst du dich noch an den Salat erinnern, den ich dir am nächsten Tag serviert habe? Ich hatte ihn mit klein gewürfeltem Bauchspeck verfeinert. Du hast damals gesagt, dass du noch nie einen so köstlichen Salat gegessen hast. Nicht wahr, da läuft dir jetzt noch das Wasser im Mund zusammen.“
„Du Ekel … du …“ Isabel begann zu würgen. Im gleichen Moment begann sie wild auf ihn einzuschlagen, wollte ihm das Gesicht, seine schäbige Visage mit ihren langen künstlichen Fingernägeln zerkratzen. Aber sie hatte keinerlei Chance. Blitzartig spürte sie die Klinge des Skalpells an ihrem Hals. Er hatte das Hundehalsband etwas nach unten geschoben, sodass sich die Klinge in ihre Kehle bohrte. Der Schmerz war so intensiv, dass Isabel nur noch ein krächzendes Gurgeln von sich geben konnte. Als

er den Druck lockerte, konnte sie Blut an der Klinge erkennen – ihr Blut.
In diesem Augenblick war ihr klar, dass ihr Leben am seidenen Faden hing.
„Leck sie sauber!“, befahl er und hielt ihr die Klinge vor den Mund. Isabel zögerte, dann tat sie, was er wollte.
Plötzlich spürte sie die Spitze der Klinge auf ihren Lippen.
„Auch deine Lippen habe ich dir wunderbar modelliert, mir war wichtig, dass sie natürlich aussehen … nicht wie Stoßstangen.“
„Ja, du bist … ein Künstler“, stammelte Isabel schluckend, „und ich bin dir auch sehr dankbar, aber …“
Ein verächtliches Schnaufen seinerseits war die Antwort.
Er ging zurück zu seiner Liege und schenkte sich ein weiteres Glas Whiskey ein, das er in einem Zug austrank. Danach pfefferte er das Glas in den Pool, wankte auf sie zu und zückte wiederholt das Messer. Diesmal pikste er ihr in die Oberlider. Einmal links, einmal rechts.
„Schlupflider“, stieß er hervor, „da waren mal Schlupflider, erinnerst du dich noch?“
Isabel nickte, während sich sein Skalpell gefährlich ihren Augen näherte, er mit der Klinge ihr linkes Auge umkreiste – langsam, bedächtig,

als würde er einen geeigneten Schnittpunkt suchen.
„Was, wenn er jetzt zusticht?“, schoss es Isabel durch den Kopf. Ein eiskalter Schauer kroch ihr über den Rücken, ihre Lippen begannen zu beben, während er den Griff der Klinge mit der Hand fest umklammerte, ihr linkes Auge visierte und ausholte. Vor Schreck riss sie instinktiv die Augen noch weiter auf.
Bevor sie schreien konnte, hielt er abrupt in der Bewegung inne. Maximal ein Millimeter trennte die Klinge von Isabels Pupille, während sich seine Hand wie eine Schraubzwinge um ihren Hals presste. Unbarmherzig drückte er zu.
Isabel röchelte, rang nach Atem. Sie vernahm ein undefinierbares Grölen, das wie der Brunftschrei eines Ochsen in ihren Ohren widerhallte.
„Du siehst aus wie ein Kalbskopf im kochenden Sud“, machte er sich über sie lustig, weil ihre Augen vor Todesangst aus ihren Höhlen förmlich hervorquollen. „Das steht dir“, demütigte er sie weiter und lächelte sie unverhohlen an, und da war es wieder – dieses Grinsen, das an die Fratze eines Wahnsinnigen erinnerte.

Isabel war klar, dass sie mehr Glück als Verstand benötigte, um sich aus den Klauen dieses Psychopathen zu befreien. Wenn sie mit dem

Leben davonkommen wollte, musste sie all ihren Mut zusammennehmen, ihre weibliche Hemmschwelle überwinden, ihm notfalls das Skalpell aus der Hand reißen, um es ihm in den Hals zu rammen. Alles war besser, als zu warten, bis es endgültig zu spät war – bis er sie am lebendigen Leibe verstümmelte, denn nichts anderes als das hatte er ja angedeutet.

Im gleichen Moment, als Isabel diesen gedanklichen Entschluss fasste, spürte sie, wie ein Stromschlag ihren ganzen Körper zum Beben brachte. Völlig unbemerkt hatte er die Fernbedienung des Halsbandes in Gang gesetzt und die höchste Stufe aktiviert. Isabel war, als würden sich gleichzeitig tausend Nadelspitzen in ihre Haut bohren, ihre Bewegung sah aus, als hätte sie einen epileptischen Anfall bekommen. Für einige Sekunden wurde ihr schwarz vor Augen. Als sie ihre Lider wieder öffnete, war das orangefarbene Rollo beiseitegeschoben und das, was sie sah, ließ sie entsetzt aufschreien.

Keuchend kauerte sie am Boden und stierte apathisch auf den jungen nackten Mann, der mit Kopfhörern auf den Ohren, die Hände auf den Rücken gefesselt, mit einem Strick um den Hals auf einem Hocker stand und starr vor Angst ins

Leere blickte.
„Sascha", flüsterte Isabel benommen, während sie versuchte aufzustehen, um ihrem Geliebten zu Hilfe zu eilen. Sie kam nicht weit – ein paar Schritte. Ein weiterer Stromschlag hielt sie von ihrem Vorhaben ab. Sie brach wiederholt zusammen, anschließend wurde sie an ihren Haaren zurück zu ihrer Ausgangsposition gezerrt, wo sie wimmernd hocken blieb.
„Kaum wiederzuerkennen, nicht wahr?", vernahm sie die Stimme ihres Peinigers, der direkt neben ihr stand und sie mit grober Gewalt versuchte an ihren Haaren in die Senkrechte zu hieven. Sie taumelte, versuchte Halt zu finden, während sie immer noch wie paralysiert zu Sascha blickte – ihrem Sascha, ihrem Sonnenschein, der sie zum Lachen brachte, der sie liebte und mit dem sie noch vor zwei Tagen zusammengekuschelt in ihrem Bett gelegen hatte und mit ihm spaßeshalber Zukunftspläne geschmiedet hatte.
„Du Schwein ...", schluchzte Isabel leise, und diesmal war ihr völlig egal, was sie sagte, „was hast du mit ihm vor?", schrie sie hysterisch, ohne ihren Peiniger dabei anzusehen.
„Beruhig dich, meine Liebe. Ich werde ihm nur eine Frage stellen, eine einzige, wir wollen den Geist deines Stechers ja nicht überstrapazieren ... ich mein, wenn einer so einen gestählten Körper

besitzt, so einer hat doch ganz klar woanders Defizite, nicht wahr? Also, ich werde ihm nur eine Frage stellen; wenn er richtig antwortet, dann lasse ich ihn laufen. Das ist doch eine gerechte Sache?“
Isabel wusste darauf nichts zu sagen. Sie war aufgewühlt, gleichzeitig fühlte sie sich völlig erschöpft. Das Gefühl von absoluter Hilflosigkeit und die Erkenntnis, dieser Bestie ausgeliefert zu sein, brachten sie beinahe um den Verstand. Wie versteinert blickte sie zu ihrem Geliebten, während Tränen ihren Blick trübten.
Ihr Peiniger war ihrem Blick gefolgt, dann wandte er sich wieder Isabel zu: „Aber zuerst werde ich dir die Frage stellen, sei beruhigt, dein Stecher kann uns nicht hören, die Musik dröhnt ihn schon seit zwei Stunden voll“, er räusperte sich schadenfroh. „Willst du wissen, was er sich die ganze Zeit anhören muss?“
„Ich wills nicht wissen“, reagierte Isabel kopfschüttelnd.
„Ich sags dir trotzdem“, er kicherte: „*Spiel mir das Lied vom Tod,* passt doch, oder?“ Er hatte sich zu ihr heruntergebeugt.
„Du bist so krank“, erwiderte Isabel angewidert und spuckte ihm ins Gesicht. Er wischte sich den Speichel aus dem Gesicht, sah sie lächelnd an und sagte: „Das hättest du nicht tun sollen.“

Er wandte sich von ihr ab, griff zur Fernbedienung und bediente einen Knopf. Sascha zuckte zusammen, bewegte reflexartig die Beine, als würde ein Stromstoß durch seine Glieder jagen. Der Stuhl begann bedrohlich zu kippeln.
„Bitte!“, flehte Isabel, „dreh die Lautstärke wieder runter, bitte, sonst platzt ihm das Trommelfell, bitte!“
Ihr Peiniger blickte sie verwundert an. „Soll ich ihn vielleicht noch fragen, ob ihn das Seil am Hals kratzt?“
Er griff zur Whiskeyflasche und genehmigte sich einen beherzten Schluck, keuchend wischte er sich den Mund am Hemdsärmel ab, wobei er den jungen Mann eindringlich musterte.
„Wie rasch sich doch so ein Muskelprotz in eine bemitleidenswerte Kreatur verwandeln kann. Gefällt er dir immer noch? Hättest du Lust, ihm jetzt einen zu blasen?“
„Du bist eine widerwärtige Kreatur“, flüsterte Isabel fassungslos.
„Nun“, gab sich ihr Peiniger unberührt, „vielleicht trifft diese Bezeichnung auf deinen Stecher zu.“ Ein teuflisches Schmunzeln umspielte seine Lippen. „Deine Solidarität in allen Ehren, aber bist du wirklich sicher, dass sich dein Einsatz für diesen Schwachkopf lohnt, ich meine, ist er es wert? Was glaubst du wohl, meine Liebe, hätte

dich dieser Kerl auch genommen, wenn du so ausgesehen hättest wie früher? Hätte er sich dann auch um dich bemüht, dich angehimmelt, sich für dich interessiert, Süßholz geraspelt, deine Muschi geleckt?“
Isabel schwieg, versuchte das unkontrollierte Zittern ihrer Gliedmaßen in den Griff zu bekommen.
„Ich habe dich etwas gefragt!“, bohrte er weiter, „und ich würde dir dringend raten, darauf zu antworten, offensichtlich ist dir nicht bewusst, dass deine Antwort alles entscheidend ist.“
Lauernd sah er sie an.
„Du allein entscheidest darüber, ob dein Lover gleich am Strick baumelt und zappelt oder auch nicht, du allein hast die Macht, über Leben und Tod zu entscheiden, eine große Aufgabe, die dir da zuteil wird.“
„Ich weiß nicht“, wimmerte Isabel geschockt.
„Dann denk mal nach. Du hast genau eine Minute Zeit.“ Er blickte auf seine Armbanduhr, anschließend packte er sie am Arm und bugsierte sie Richtung Stuhl.
„Schau ihn dir noch mal an … deinen Kerl und überlege genau! Wenn deine Antwort mit der seinen übereinstimmt, dann lass ich euch beide laufen. Ich gehe davon aus, dass eure beschränkte Intelligenz dennoch ausreichend ist,

um einzusehen, dass es völlig absurd wäre, mich bei den Bullen anzuzeigen. Die würden eure Geschichte sowieso nicht glauben. Nicht wahr?"
Isabel nickte ergeben, während sie versuchte, Blickkontakt zu Sascha aufzunehmen. Aber der schien völlig apathisch, zitterte, der Geruch von Urin stieg ihr in die Nase.
„Die Zeit läuft!"
Isabel starrte zu Boden, weil sie den Anblick nicht ertragen konnte, überlegte fieberhaft.
„Saschas Komplimente haben sich nie auf mein Äußeres beschränkt, er hat immer nur meine Augen bewundert", überlegte sie, „er hat immer betont, dass er meine liebenswerte Art mochte, dass ich gut kochen kann, zuverlässig und verständnisvoll sei, und er hat mich oft ausgeschimpft, wenn ich wieder einmal meine Kalorien gezählt habe." *Ich liebe dich auch, wenn du ein paar Kilo mehr auf den Rippen hast* – ja, auch das hatte er mehr als einmal beteuert.
Noch zehn Sekunden!", wurde Isabel aus ihren Gedanken gerissen.
Unverwandt blickte sie zu Sascha, der immer noch teilnahmslos ins Nichts starrte.
„Ja", flüsterte sie Sascha zu, obwohl sie wusste, dass er nichts hören konnte. Aber vielleicht konnte er die richtige Antwort von ihren Lippen ablesen. Sascha war zwar kein Akademiker, aber auch

nicht auf den Kopf gefallen. Vielleicht tat er nur so apathisch, um die Bestie zu täuschen. In Wirklichkeit waren seine Sinne geschärft.
„Bist du sicher?“, vernahm sie die Stimme ihres Peinigers.
Isabel nickte, obwohl sie sich plötzlich nicht mehr sicher war.
„Gut, dann wollen wir mal deinen Adonis fragen, ob er der gleichen Meinung ist.“ Unvermittelt packte er Isabel am Oberarm, befahl ihr sich umzudrehen, sodass sie keinen Blickkontakt zu Sascha aufnehmen konnte.
„Knie dich hin und halt die Klappe, wenn du nur einen Mucks von dir gibst, schiebe ich gleich den Hocker beiseite. Hast du das kapiert?“
„Ja“, hauchte Isabel verängstigt.
Ab jetzt bekam sie nicht mehr mit, was sich hinter ihrem Rücken abspielte. Sie vernahm nur Geräusche. Das Schaben eines Stuhls. Vermutlich wurden Sascha die Kopfhörer abgenommen.
„Was wollen Sie von mir?“ Sie vernahm Saschas Stimme, die sich schwach und desorientiert anhörte.
„Ich stelle hier die Fragen!“, wurde geantwortet.
„Schau dir das Foto an. Kennst du die Frau?“
Kopfschütteln.
„Dann helfe ich dir mal auf die Sprünge. Diese Frau ist deine Geliebte, deine Isabel, und zwar so,

wie sie ursprünglich mal ausgesehen hat. Jetzt meine Frage an dich, du Loser. Hättest du dich in die Schlampe auch dann verliebt, wenn sie so ausgesehen hätte?“

Sascha blickte völlig verwirrt auf das Foto, auf die korpulente Frau mit dem Doppelkinn, deren Blick keinerlei Lebensfreude ausstrahlte. Dennoch, bei genauem Hinsehen glaubte er, Isabels Augen zu erkennen, aber das konnte er sich auch nur einbilden.

„Das ist nicht Isabel“, murmelte er geschwächt.

„Bestätige deinem Kerl, dass du das auf dem Foto bist!“, wurde Isabel von ihrem Peiniger aufgefordert.

Sie drehte sich um, warf einen kurzen Blick auf das Foto und flüsterte: „Ja, das bin ich … das war ich.“

Sascha schüttelte fahrig den Kopf und blickte Isabel vorwurfsvoll an. In seinen Augen spiegelten sich Angst und Wut gleichermaßen.

„Was soll das, verdammt, was für ein blödes Spiel geht hier ab. Was wollt ihr von mir?“

Er warf Isabel einen verwirrten Blick zu. „Wieso hast du mich in diese Scheißlage gebracht?“

Seine Stimme hatte sich in die Höhe geschraubt und klang wie die eines verweichlichten Jungen. „Was für eine verkackte Sache geht hier ab. Scheiße, Mann!“ Die letzten Worte brüllte er

wütend aus sich heraus, bevor er wieder nach unten blickte und leise vor sich hin zu wimmern begann:
„Lasst mich in Ruhe, wenn der Typ scharf auf dich ist, dann ist mir das auch egal."
Für ein paar Sekunden herrschte Stille. Es war, als hätten alle den Atem angehalten. Isabel starrte ihren Geliebten mit einer Mischung von Mitleid und Entsetzen an, während sie das höhnische Lachen ihres Peinigers vernahm.
„So, damit ist die Sache doch wohl entschieden!" Rasmus Riefenstahl klatschte in die Hände, sodass Isabel zusammenzuckte. Auf allen vieren kroch sie auf ihn zu und klammerte sich mit beiden Händen an seine Beine.
„Bitte!", schrie sie ihn an, „bitte, hab Erbarmen!"
„Erbarmen? Für den da?" Riefenstahl betrachtete das Opfer, das mittlerweile den Eindruck erweckte, als würde es kapieren, dass hier um sein Leben gepokert wurde.
„Was soll die Scheiße, Mann … lasst mich los! Hier habt ihr euren Spaß gehabt", wimmerte er im knatschigem Tonfall.
„Spaß?", mischte sich Riefenstahl amüsiert ein, „ich für meinen Teil habe noch keinen Spaß gehabt. Aber ich gebe euch beiden jetzt die Möglichkeit, dafür zu sorgen. Ich erweise mich als gnädig und gebe dir, liebe Isabel, die Möglichkeit,

die Haut deines Jammerlappens zu retten. Wenn du es schaffst, deinen Traumprinzen mit einem Orgasmus zu beglücken, dann kommt er mit dem Leben davon. Ist das ein Deal?“
Isabel zögerte, blieb reglos sitzen, als hätte sie nicht verstanden.
„Na, was ist?“, drängelte Riefenstahl ungeduldig.
„Was … wie soll ich das machen?“, stammelte Isabel verstört.
„Na, so, wie du es mit mir auch gemacht hast, deine prallen Lippen um seinen Schwanz pressen. Das kannst du doch so gut, darin warst du eine Meisterin.“
Isabel richtete sich auf, langsam ging sie auf den Stuhl zu, während Sascha entgeistert ihr Tun verfolgte. Bevor sie ihr Vorhaben in die Tat umsetzte, blickte sie zu ihm auf.
„Du hast dich nur in mein Aussehen verliebt?“, flüsterte sie, „du hättest mich verschmäht, wenn ich so ausgesehen hätte wie die Frau auf dem Foto?“ Fragend, beinahe flehend blickte sie ihren Liebsten an. „Du hast doch immer gesagt, dass dir mein Aussehen gleichgültig sei.“
Sascha schnaufte angewidert aus.
„Verdammte Scheiße, was soll die blöde Frage! Und was soll der ganze Psychoscheiß hier, macht mich los!“, brüllte er außer sich.

„Du hast meine Frage nicht beantwortet“, ließ Isabel nicht locker. Ihre Stimme hörte sich sanft und mitfühlend an.
„Ich steh nicht auf fette Weiber!“, keifte er zurück, „das hab ich nicht nötig! So eine wie die auf dem Foto hätte ich nicht mit der Beißzange angefasst … warum stellst du so bekloppte Fragen … hol mich hier runter … Mann, du blöde Kuh, tu doch was … Schei …“
Der Stuhl wurde weggestoßen. Die letzte Silbe des Wortes blieb ihm buchstäblich im Halse stecken.
Isabel blickte stoisch auf die zappelnden Beine, neigte den Kopf etwas schräg, so als würde sie einem seltenen Naturphänomen beiwohnen. Für eine gewisse Zeit bewegte sich ihr Kopf wie das Pendel einer Uhr im Takt – links rechts, links rechts, bis die Füße sich ausgependelt hatten. Dann wandte sie sich an Riefenstahl, der mit verschränkten Armen dastand und grinste.
Ende der Leseprobe

Weitere Bücher der Autorin:

„Tote Männer Milch“ – Psychothriller

„Das Fleisch der Frauen“ – Psychothriller

„Böse“ – Psychothriller

„Die Todes Frauen“ – Psychothriller

„Jung, schön, tot“ – Psychothriller

„Der Frauen Mörder“ – Psychothriller

„Die Bestie“ – Psychothriller

„Die Sadisten“ – Psychothriller

„Fruchtfleisch“ – Psychothriller

„Der Schönquäler“ - Psychothriller

Printed in Poland
by Amazon Fulfillment
Poland Sp. z o.o., Wrocław

13799904R00157